1904. Mai. 2

CHOIX

DE

LIVRES RARES

ET PRÉCIEUX

PROVENANT DU CABINET

de M. TOLLON

ancien magistrat à Marseille.

PARIS
PAUL CORNUAU
LIBRAIRE
de la Bibliothèque de la Ville de Paris
15, BOULEVARD HAUSSMANN, 15

1904

LIVRES RARES
ET PRÉCIEUX

PROVENANT DU CABINET

de M. TOLLON

ancien magistrat à Marseille

LA VENTE AURA LIEU

les Lundi 2 et Mardi 3 Mai 1904

A DEUX HEURES PRÉCISES

HOTEL DES COMMISSAIRES-PRISEURS

RUE DROUOT, 9

Salle nº 7, au Premier

Par le Ministère de Mᵉ MAURICE DELESTRE

Commissaire-Priseur

RUE SAINT-GEORGES, 5

Assisté de M. PAUL CORNUAU, Libraire

BOULEVARD HAUSSMANN, 15

EXPOSITION PARTICULIÈRE

A LA LIBRAIRIE PAUL CORNUAU

du 18 au 28 Avril

DE DEUX HEURES A SIX HEURES

CONDITIONS DE LA VENTE

La vente se fait au comptant.

Les acquéreurs paieront 10 p. 100 en sus des enchères, applicables aux frais.

Les livres devront être collationnés sur place dans les 24 heures de l'adjudication. Passé ce délai ou une fois sortis de la salle de vente, ils ne seront repris pour aucune cause.

M. Paul Cornuau remplira les commissions des personnes qui ne pourraient assister à la vente.

CHOIX

DE

LIVRES RARES

ET PRÉCIEUX

PROVENANT DU CABINET

de M. TOLLON

ancien magistrat à Marseille.

PARIS

PAUL CORNUAU

LIBRAIRE

de la Bibliothèque de la Ville de Paris

15, BOULEVARD HAUSSMANN, 15

1904

Nous ne saurions présenter aux amateurs de beaux livres la riche collection décrite dans ce Catalogue sans dire un mot du savant bibliophile qui l'avait formée.

On nous permettra donc quelques lignes de respectueux souvenir à l'adresse de l'érudit aimable et distingué qui fait le sujet de cette brève notice.

M. Tollon, mort il y a quinze ans, après une longue existence passée presque tout entière à Marseille, était peu connu de la génération actuelle, en dehors de la Provence. Son nom cependant avait sa place dans le domaine spécial qui nous intéresse, et son cabinet, autrefois du moins, jouissait à Paris d'une légitime notoriété.

Au moment où s'organisait l'Exposition Universelle de 1878, la Commission historique, soucieuse de grouper toutes les richesses bibliographiques de la France, avait sollicité le concours de M. Tollon, et lui avait demandé, pour la Section « Manuscrits et Livres », quelques-uns des superbes volumes dont on le savait possesseur; mais les instances les plus flatteuses n'avaient pu le décider.

Cette réputation méritée était allée jusqu'à Chantilly, par suite d'une circonstance heureuse qui avait permis à M. Tollon de faire hommage à cette bibliothèque princière d'une des raretés de sa collection. C'était une pièce historique probablement unique, et qui offrait un intérêt tout spécial à l'illustre historien des Condé.

M. Tollon, magistrat de haute valeur, avait pu, sans prendre une heure à ses devoirs, consacrer ses studieux loisirs à la science des livres, où il était maître : il aimait à en parler avec les connaisseurs, et on peut dire qu'il a été en relations avec tout ce que Paris a compté, en ce genre, de personnalités célèbres, depuis M. Brunet jusqu'aux bibliophiles plus jeunes, dont le nom fait autorité aujourd'hui. Il était heureux d'ouvrir, pour les initiés, sa bibliothèque soigneusement fermée aux curiosités banales, et il en faisait les honneurs avec autant de savoir que de courtoisie.

Sa collection avait un mérite particulier : on la savait composée d'ouvrages n'ayant jamais paru dans aucune vente. La fraîcheur de ces belles reliures eût suffi d'ailleurs à l'indiquer.

C'est dans la première moitié du siècle dernier qu'avait été formée cette réunion de livres choisis ; la plupart étaient d'illustre provenance ; peu après, cet ensemble important s'était enrichi de la collection de M. Hubaud, savant bibliographe, possesseur, lui aussi de pièces de premier ordre et qui a légué à la Bibliothèque Nationale un certain nombre d'ouvrages rarissimes. De précieux manuscrits sur la Provence complétaient cette intéressante collection.

C'est un choix des plus beaux livres que nous offrons aujourd'hui à l'élite des gens de goût et des amateurs délicats.

THÉOLOGIE

ÉCRITURE SAINTE — S.S. PÈRES — THÉOLOGIE MORALE — THÉOLOGIE POLÉMIQUE, ETC.

---

1. Biblia sacra vulgatæ editionis Sixti Quinti Pont. max. iussu recognita atq. edita. *Coloniæ Agrippinæ, sumptibus Bernardi Gualteri*, 1630, pet. in-12 impr. à 2 col., front. grav., mar. vert, plats couv. de compart. de fil. dent. et dorures au pointillé, dos orné, dent. int. tr. dor. (*Rel. anc.*)

Jolie édition appelée « *Bible des Évêques* », dans une charmante reliure de l'époque.

2. Novum Testamentum, cum versione latina Ariæ Montani, in quo tum selecti versiculi 1900, quibus omnes Novi Testamenti voces continentur, asteriscis notantur..... Auctore Johanne Leusden, professore. *Amstelædami, ex officina Wetsteniana*, 1698, pet. in-12,

textes grec et latin, cartes, mar. rouge jans. doublé de mar. bleu, dent. tr. dor. (*Rel. anc.*)

3. Passio Christi ab Alberto Durer nurenbergensi effigiata cū varii generis carminibus Fratris Benedicti Chelidonii Musophili. (In fine :) *Impressum Nurnberge per Albertū Durer pictorē anno Christi millesimo quingentesimo undecimo* (1511), pet. in-4 de 38 ff., figures sur bois, mar. brun, compart. à fr. tr. dor. (*Chambolle-Duru.*)

Cette suite que l'on nomme « *Petite Passion* », se compose de 37 sujets gravés sur bois y compris le titre, elle est précieuse et rare.

4. Quadernos ystoricos de la Biblia (par Cl. Paradin). *En Leon de Francia, en casa de Juan de Tournes*, 1555, pet. in-8 de 75 ff. non chiff. contenant 142 fig. s. bois, mar. brun, mil. dor. dent. int. tr. dor. (*Chambolle-Duru.*)

Bel exemplaire. Cette version espagnole des *Quadrins historiques de la Bible,* passe pour contenir le premier tirage des figures du *Petit Bernard.* Elle est rare.

5. Pseaumes de David. Traduction nouvelle selon l'hébreu et la Vulgate (par Le Maistre de Sacy). *Paris, Élie Josset*, 1706, in-12, pap. réglé, mar. olive, fil. à fr., doublé de mar. citron, dent. int. tr. dor. (*Rel. anc.*)

6. Les Epistres de saint Pol aux Corinthiens. Sommairement expliquées en forme de paraphrase. Par M. N.

Guillebert, prestre du diocèse de Rouen, et curé de Berville. *Paris, Nicolas Buon*, 1633, in-8, pap. réglé, mar. rouge, compart. de fil. et dorure au pointillé sur les plats, dos orné, dent. int. tr. dor. (*Rel. anc.*)

Jolie reliure de *Le Gascon*. Armoiries sur le dos et les plats (3 *massacres de cerfs*). Les coins de la reliure ont un peu souffert et demandent une légère restauration.

7. La Cité de Dieu de saint Augustin, traduite en françois, et revue sur plusieurs anciens manuscrits, avec des remarques et des notes (par l'abbé Goujet). *Paris, Rollin fils*, 1736, 4 vol. in-12, mar. vert pâle, large dent. aux pet. fers, dos orné, dent. int. doublé et gardes de tabis rose, tr. dor. (*Rel. anc.*)

Charmant exemplaire aux armes de Madame Victoire de France, fille de *Louis XV*.

8. Incipit confessionale in vulgari sermone editum per venerabilem Antoninū archiepiscopum Florentiæ ordinis prædicatorum. (*In fine :*) *Finisse lo confessionale stampato a Venesia per Raynaldo de Nouimagio....* MCCCCLXXIX (1479), pet. in-4, caract. goth. de 57 ff. non chiff. mar. bleu pâle, fil. dos orné, dent. int. tr. dor. (*Derome.*)

Bel exemplaire d'un livre très rare, mais incomplet du titre.

9. Les Provinciales, ou les lettres escrites par Louis de Montalte, à un provincial de ses amis et aux R. R. P. P.

Jésuites, sur le sujet de la morale et de la politique de ces pères (par Bl. Pascal). *Cologne, Pierre de la Vallée*, 1657, pet. in-12, mar. noir, fil. à fr. (*Rel. anc.*)

Première édition elzévirienne, Haut : 129 millimètres. Reliure fatiguée.

10. Sapientissimi patris nostri Antonii Magni abbatis. Regulæ, sermones, documenta, admonitiones, responsiones, et vita duplex. Omnia nunc primum ex arabica lingua latinè reddita ab Abrahamo Ecchellensi maronita. *Parisiis, apud Adrianum Taupinart*, 1646, in-8, mar. rouge, fil. dos orné à la grotesque, tr. dor. (*Rel. anc.*)

Aux armes du cardinal Mazarin. Les armoiries ont été un peu frottées.

11. Beati Ambrosii epi de Isac et Ania liber incipit feliciter. 35 ff. — Eiusdem Ambrosii epi de bono mortis icipit. 32 ff. — Incipit liber beati Ambrosii episcopi de fuga seculi. 30 ff. Ens. 3 part. en 1 vol. pet. in-4, mar. brun. compart. de fil. dos orné, tr. dor. (*Du Seuil.*)

Joli manuscrit sur vélin du xve siècle, écriture rouge et noire, lettres capitales peintes. A la fin de la seconde partie se trouve cette note : *Ego Milo de Corraria Pataus ex magnatu genere scripsi mediolani suprascripta opuscula beati Ambrosii epi ad instantiâ reverendissimi patris fratris Gulielmi de Casale ordinis minorum sacre theologie magistri generalis ministri. anno a nativitate dñi nři Yhu Xpi, M. CCCC XXXIV* (1434).

12. Imitation de Jésus-Christ. Traduction nouvelle sur l'édition latine de 1764, revue sur huit manuscrits, par M. l'abbé Valart. *Paris, Barbou*, 1782, in-18, front. grav. mar. rouge, fil. dos orné, dent. int. tr. dor. (*Derome.*)

13. Traité de la religion chrétienne, dans lequel on voit le pouvoir que Jésus-Christ a donné à son église, sa différence d'avec les églises hérétiques, par M. Chardon de Lugny, prêtre. *Paris, Nicolas Le Clerc*, 1697, 2 vol. in-12, mar. rouge, fil. dos orné, dent. int. tr. dor. (*Rel. anc.*)

Bel exemplaire de dédicace aux armes de Mgr Louis-Antoine DE NOAILLES, cardinal et archevêque de Paris.

14. L'AMPHITHÉATRE DE CALVAIRE. Drame lamentable de la mort de Jésus-Christ et de la passion de sa saincte mère. Auec les clameurs et parolles proférées en sa croix. Par André Valladier. *Paris, Pierre Chevallier*, 1623, in-8, titre-front. par Léonard Gaultier, mar. rouge, compart. de fil. milieux, coins et dos ornés de dorures au pointillé, tr. dor. (*Rel. anc.*)

Le plus rare des ouvrages de cet auteur provençal ; il est dédié à *Mathieu Molé*, dont les armes figurent sur le frontispice. Belle reliure de *Le Gascon*, aux armes. (Trois massacres de cerfs.)

15. ÉLÉVATIONS A DIEU sur tous les mystères de la religion chrétienne, ouvrage posthume de messire

Jacques-Bénigne Bossuet, évêque de Meaux. *Paris, Jean Mariette*, 1727. 2 vol. in-12, mar. rouge, fil. dos orné de fl. de lys, dent. int. tr. dor. (*Rel. anc.*)

Bel exemplaire de l'édition originale aux armes du DUC DU MAINE.

16. RECUEIL DE CINQ PIÈCES RARES en prose, la dernière en vers, en 1 vol. pet. in-8, mar. rouge, fil. dos orné, dent. int. tr. dor. (*Rel. anc.*)

Mandement de Jésus-Christ à tous les chrestiens ses fidèles. *S. L.* 1559, 47 pp. — Mandement de Lucifer à l'antecrist Pape de Rome, et à tous les suppostz de son église. Lyon, 1562, 20 ff. non chiff. le dernier bl. — Sentence decretalle et condemnatoire au fait de la paillarde Papauté : et punition de ses demerites, 1561, 24 ff. le dern. bl. — Les arrests et ordonnances royaux de la tressouveraine et suprême cour du Royaume des cieux. *S. L.*, 1559, 32 pp. — Monologue de messire Jean Tantost lequel récite une dispute qu'il ha eüe contre une dame lyonnoise, à son advis mal sentant de la foy. *S. L.*, 1562, 23 pp.

17. Sebastiani Castellionis defensio suarum translationum bibliorum, et maximè novi fœderis. *Basileæ, per Ioannem Oporinum*, 1562, in-8, pap. réglé, vél. ivoire. fil. mil. dor. dos orné, tr. dor. (*Rel. anc.*)

Les plats de la reliure sont ornés du monogramme de *Denys de Sallo*, sieur de *Coudraye*, conseiller au Parlement de Paris. *Castalion*, l'auteur de cet ouvrage, écrivain protestant, naquit en 1515 en Dauphiné.
Bel exemplaire.

18. HISTOIRE DE LA MAPPEMONDE PAPISTIQUE, en laquelle est déclaire tout ce qui est contenu

et pourtraict en la grande Table ou Carte de la Mappe-Monde : Composee par M. Frangidelphe escorche-messes. *Imprimee en la ville de Luce Nouvelle, par Brifaud Chasse-Diables*, 1567, pet. in-4, de 4 ff. lim. non. chiff. et 190 pp., mar. citron, plats couv. de compart. de fil. et de dorures au pointillé, dos orné, dent. int. tr. dor. (*Rel. anc.*)

Satire violente contre la Cour de Rome, attribuée à *Théodore de Bèze* ou à *Viret*. Superbe exemplaire de ce rare volume dans une riche reliure d'une parfaite conservation portant sur les plats les chiffres couronnés de LOUIS XIII et d'ANNE D'AUTRICHE. Au centre des plats, se trouvent dans un cartouche les initiales H. D. (Voir *Guigard, Armorial du Bibliophile*, page 22).

19. DE NOVA QUÆSTIONE TRACTATUS tres. I Mystici in tuto. — II. Schola in tuto. — III. Quietismus redivivus. Auctore Jacobo Benigno Bossuet, episcopo Maldensi. *Parisiis, apud Johannem Anisson*, 1698, in-8, mar. rouge, fil. dos orné, dent. int. tr. dor. (*Rel. anc.*)

Édition originale aux armes de J.-B. BOSSUET, évêque de Meaux.

20. L'Office de la semaine sainte, à l'usage de la maison du Roy, avec les cérémonies de l'église. *Paris, Jacques Collombat*, 1745, gr. in-8, front. color. mar. rouge, plats couv. de riches comp. dorés, dos orné, dent. int. tr. dor. (*Rel. anc.*)

Aux armes du roi LOUIS XV.

JURISPRUDENCE

21. Discours sur l'impuissance de l'homme et de la femme. Auquel est déclaré que c'est qu'impuissance empeschant et séparant le mariage. Comment elle se cognoist. Par Vincent Tagereau, angevin, *Paris, veufve Jean du Brayet et Nicolas Rousset*, 1612, in-8, mar. rouge, fil. dos orné, dent int. tr. dor. (*Rel. anc.*)

Bel exemplaire dans une fraiche reliure du XVIIIe siècle.

22. Los Fors et costumas de bearn. *Imprimidas a pau, per Johan de Vingles et Henry poyure*, 1552, pet. in-4 de 4 ff. lim. non chiff. et 222 pp. chiff. mar. vert, fil. dos orné, dent. int. tr. doré. (*Trautz-Bauzonnet.*)

Un des rares exemplaires sur peau de vélin, et contenant la table et le feuillet d'errata qui manquent souvent.

23. Code civil des français, suivi de l'exposé des motifs sur chaque loi, présenté par les orateurs du gouver-

nement, ... et d'une table analytique et raisonnée des matières, tant du code que des discours. *Paris, Didot, an XII-1804*, 8 vol. in-8, mar. rouge, pet. dent. dos orné, dent. int. tr. dor. (*Rel. de l'époque.*)

Exemplaire parfaitement relié.

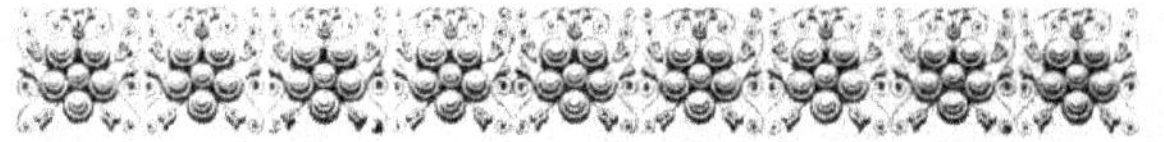

SCIENCES ET ARTS

SCIENCES PHILOSOPHIQUES, PHYSIQUES NATURELLES, MÉDICALES. ÉCRITURE. — CHASSE. — ART CULINAIRE, ETC.

---

24. Semita sapientiæ sive ad scientias comparandas methodus. Nunc primum latini juris facta, ab Abrahamo Ecchellensi.... Ex. m. s. Arabico anonymo bibliothecæ Eminentissimi Cardinalis Mazarini. *Parisiis, apud Adrianum Taupinart.* 1646, in-8, mar. rouge, fil. dos orné à la grotesque, tr. dor. (*Rel. anc.*

Aux armes du Cardinal MAZARIN. Les armoiries ont été légèrement frottées.

25. Les choses mémorables de Socrate, ouvrage de Xénophon traduit du grec en françois, avec la vie de Socrate, nouvellement composée et recueillie des plus célèbres autheurs de l'antiquité. (Par P. Char-

pentier). *Paris, Augustin Courbé*, 1650, in-8, front. grav. mar. rouge, fil. dos orné. dent. int. tr. dor. (*Rel. anc.*)

Aux armes de Michel Le Tellier, chancelier de France.

26. L'Art de connoistre les hommes. Première partie, où sont contenus les discours préliminaires qui servent d'introduction à cette science. Par le sieur de La Chambre. *Paris, Rocolet*, 1659, 2 part. en 1 vol. in-4, mar. rouge, plats couv. de jeux de fil. dorure au pointillé et semis de fl. de lys dans les angles, dos orné, dent. int. tr. dor. (*Rel. anc.*)

Aux armes de Baissey, famille de Bourgogne.
Jolie reliure ayant un peu souffert, mais facilement restaurable.

27. Réflexions ou sentences et maximes morales (par de La Rochefoucauld). *Paris, Cl. Barbin*, 1665, pet. in-12 de 24 ff. prélim. non chiff. y compris le front. grav. 150 pp. chiff. et 5 ff. non chiff., mar. rouge, comp. de fil. dos orné, dent. int. tr. dor. (*Allô.*)

Edition originale. Premier état bien conforme à celui décrit au Catalogue *Rochebilière* n° 445).

28. Réflexions ou sentences et maximes morales (par de La Rochefoucauld) *Paris, Cl. Barbin*, 1665, in-12, de 24 ff. prélim. non chiff. y compris le front. grav.

150 pp. chiff. et 5 ff. non chiff., mar. bleu jans. dent. int. tr. dor. (*Chambolle-Duru.*)

Édition originale. Premier état, mais avec quelques cartons de second état, bien conforme à celui décrit au catalogue *Rochebilière* (n° 446).

29. Institution d'un prince, ou traité des qualités, des vertus et des devoirs d'un souverain, par M. l'abbé Duguet. *Londres, Jean Nourse*, 1743, in-4, mar. rouge, fil. dos orné, dent. int. tr. dor. (*Rel. anc.*)

Bel exemplaire.

30. Traité des finances et de la fausse monnoie des Romains (par de Chassipol) auquel on a joint une dissertation sur la manière de discerner les médailles antiques d'avec les contrefaites (par Guill. Beauvais). *Paris, Briasson*, 1740, 2 part. en 1 vol. in-12, mar. rouge, fil. dos orné, dent. int. tr. dor. (*Rel. anc.*)

31. Histoire naturelle, ou relation exacte du vent particulier de la ville de Nyons en Dauphiné, dit le vent de S. Cesarée d'Arles et vulgairement le Pontias. Par Gabriel Boule marseillois. *Orange, Ed. Raban*, 1647, pet. in-8, mar. rouge, fil. à fr. dent. int. tr. dor. (*Capé.*)

Bel exemplaire d'un livre rare.

32. Le Parfaict joaillier, ou histoire des pierreries; où sont amplement descrites leur naissance, iuste prix,

moyen de les cognoistre... composé par Anselme Boece de Boot, et de nouveau enrichi de belles annotations, indices et figures par André Toll (trad. du latin par J. Bachou). *Lyon, Huguetan*, 1644, in-8, fig. mar. rouge. fil. dos orné à l'oiseau, dent. int. tr. dor. (*Rel. anc.*)

Belle et fraîche reliure de *Derome*.

53. Histoire des plantes qui naissent aux environs d'Aix et dans plusieurs autres endroits de la Provence. Par M. Garidel, docteur en médecine. *Aix, Joseph David*, 1715, in-fol., nombr. pl. grav., mar. rouge, fil. dos orné, tr. dor. (*Rel. anc.*)

Déchirures au maroquin de la reliure.

54. Discours œconomique, non moins utile que recréatif, monstrant comme de cinq cens liures pour une foys employées, l'on peult tirer par an quatre mil cinq cens liures de proffict honneste, qui est le moyen de faire profiter son argent. Par M. Prudent le Choyselat, procureur du Roy à Sezanne. *Rouen, Martin le Menestrier*, 1612, pet. in-8, mar. rouge, fil. dos orné, dent. int. tr. dor. (*Rel. anc.*)

Dissertations sur les poules et sur la vente des œufs frais, renseignements curieux sur l'établissement de vastes poulaillers, listes des marchés de Paris, etc.

55. Schola Salernitana, hoc est de valetudine tuenda, opus nova methodo instructum, infinitis versibus

auctum, commentariis Villanouani, Curionis, Crellii et Costansoni illustratum. Adjectae sunt animadversiones nouæ Renati Moreau, doctoris medici parisiensis. *Parisiis*, 1625, pet. in-8, mar. rouge, compart. de fil. dos orné, tr. dor. (*Rel. anc.*)

Exemplaire de dédicace aux armes du CARDINAL DE RICHELIEU; elles sont répétées sur le dos et aux coins de la reliure; cette dernière manque de fraicheur: quelques piqûres de vers à l'intérieur du volume.

56. De l'utilité de la flagellation dans la médecine et dans les plaisirs du mariage, et des fonctions des lombes et des reins; ouvrage singulier, traduit de J. H. Meibomius (par Mercier, de Compiègne). *Londres*, 1801, in-8, mar. vert, dent. dans un encad. de fil. dos orné, doublé et gardes de tabis bleu, dent. int. mors. de mar. tr. dor. (*Rel. de l'époque.*)

Deux notes autographes signées de *Gabriel Peignot* sur le feuillet de garde : « *Il n'existe pas douze exemplaires de cet ouvrage, dont l'édition a été brûlée par la police en sortant de la presse* », et : « *C'est l'imprimeur Métoyer, de Besançon, qui a mis sous presse cet ouvrage et qui m'a donné cet exemplaire avant que la police ne le saisit.* »

57. Ouvrage de Pénélope, ou Machiavel en médecine, par Aletheius Demetrius. *Berlin*, 1748, 2 vol. — Supplément à l'ouvrage de Pénélope. *Berlin*, 1750, 1 vol. Ens. 3 vol. in-12, mar. rouge, fil. dos orné, dent. int. tr. dor. (*Derome.*)

Bel exemplaire, parfaitement relié, de cette satire contre les médecins.

38. Richardi Mead opera omnia. *Parisiis apud Guielmum Cavelier*, 1757, 2 vol. in-8. fig. mar. rouge, fil. dos orné à l'oiseau, dent. int. tr. dor. (*Rel. anc.*)

Charmantes reliures de *Derome*.

39. Recreation mathématique et entretien facetieux de plusieurs plaisants problèmes en faict d'arithmétique, géométrie, mechanique, opticque, et autres parties de ces belles sciences. *Au Pont-à-Mousson, par Gaspar Bernard*, 1629, pet. in-8, fig. grav. s. cuivre, veau fauve, fil. tr. dor. (*Rel. anc.*)

Quoique l'épitre dédicatoire soit signée *Van Etten*, on sait que cet ouvrage est du père *Leurechon*, jésuite lorrain.

40. Regola da imparare scrivere varii caratteri de littere con li suoi compassi et misure. Et il modo di temperare le penne secondo la sorte de littere che uorrai scriuere, ordinato per Ludovico Vicentino (In fine) : *Stampato in Vinegia per Nicolo d'Aristotile detto zoppino, nel anno de nostra salute* M. D. XXXII (1532) *del mese d'agosto*, 30 ff. fig. s. bois. — Incipit liber primus (secundus, tertius et quartus), elementorum litterarum Ioannis Baptiste de Verinis Florentini, noviter impressus. *S. d.* (*circa* 1527), 64 ff. chiff. fig. s. bois. Ens. 2 ouvr. en 1 vol. pet. in-4. veau fauve, fil. à fr. (*Rel. du XVIe siècle.*)

Recueil de deux ouvrages de calligraphie très rares. Le second est intitulé par son auteur : *Luminario*. La première partie est consacrée à la manière de former les lettres, la deuxième et la troisième à leur proportion, et la quatrième contient des exemples de diverses écritures et un très bel alphabet orné, le tout gravé sur bois.

41. Traité historique et pratique de la gravure en bois, par J. M. Papillon, graveur en bois. Ouvrage enrichi des plus jolis morceaux de sa composition et de sa gravure. *Paris, Simon*, 1766, 2 vol. in-8, portr. et fig. veau fauve, fil. dos orné, dent. int. tr. dor. (*Rel. anc.*)

Bel exemplaire de dédicace au chiffre de Boyer de BANDOL.

42. Il Teatro alla moda, o sia metodo per ben comporte et esequire l'Opere italiane in musica all'uso moderno (da Benedetto Marcello). *Stampato ne Borghi di Belisania per Aldiviva Licante s. d.* (vers 1725), pet. in-8, vign. s. le titre, mar. rouge, fil. dos orné, dent. int. tr. dor. (*Rel. moderne.*)

Cette satire ingénieuse du théâtre italien est rare et recherchée.

43. Le livre du roy Modus et de la royne Racio, nouvelle édition, conforme aux manuscrits de la Bibliothèque Royale, ornée de gravures faites d'après les vignettes de ces manuscrits, fidèlement reproduites, avec une préface par Elzéar Blaze. *Paris, Blaze*, 1839, gr. in-8, fig. pap. de Holl. mar. rouge jans. dent. int. tr. dor. (*Petit ss^r de Simier.*)

44. Le Miroir de Fauconnerie, où se verra l'instruction pour choisir, nourrir et traicter, dresser et faire voler toute sorte d'oyseaux, les muer et essimer, cognoistre les maladies et accidents qui leur arrivent, et les remèdes pour les guérir. Par Pierre Harmont, dit Mercure, fauconnier de la chambre. *Paris, Cardin Besongne*, 1635, pet. in-8, mar. vert, fil. dos orné, dent. int. tr. dor. (*Rel. anc.*)

Ouvrage rare et recherché.

45. LE PASTISSIER FRANÇOIS, où est enseignée la manière de faire toute sorte de pastisserie, très-utile à toute sorte de personnes. Ensemble le moyen d'aprester toutes sortes d'œufs pour les jours maigres, et autres, en plus de soixante façons. *Amsterdam, chez Louys et Daniel Elzevier*, 1655, in-12 de VI ff. lim. y compris le front. et le titre, et 252 pp. vél. à recouvr. (*Rel. anc.*)

Bel exemplaire (haut. : 129 mill.) d'un des ouvrages les plus rares et les plus recherchés de la collection elzévirienne, dans sa première reliure en vélin.

Rarissime en cet état. Écriture au verso du frontispice et signature sur le titre.

BELLES-LETTRES

[LINGUISTIQUE — RHÉTORIQUE — POÉSIE
POÉSIE DRAMATIQUE — ROMANS
CONTES ET NOUVELLES EN PROSE. — FACÉTIES
ÉPISTOLAIRES — POLYGRAPHES.

---

46. Recueil de l'origine de la langue et poésie françoise, ryme et romans. Plus les noms et sommaire des œuvres de CXXVII poètes françois vivans avant l'an MCCC. *Paris, Mamert-Patisson*, 1581, pet. in-4, mar. vert, fil. dos orné, dent. int. tr. dor. (*Niédrée.*)

Ouvrage recherché, dans lequel on puise encore actuellement de précieux renseignements.
Bel exemplaire.

47. Nouveau dictionnaire françois et latin, enrichi des meilleures façons de parler en l'une et l'autre langue, composé par l'ordre du Roy, pour monseigneur le Dauphin. Par M. l'abbé d'Anet. *Paris, veuve Cl. Thi-*

boust, 1684, in-4, front. grav. mar. rouge, compart. de fil. coins et dos ornés de fl. de lys, dent. int. tr. dor. (*Rel. anc.*)

Bel exemplaire aux armes du DUC D'ANJOU, fils du *Grand Dauphin*.

48. Nouvelle grammaire angloise, enrichie de dialogues curieux touchant l'estat et la cour d'Angleterre : et d'une nomenclature angloise et françoise. Par Paul Festeau, maistre de langues à Londres. *Londres, George Wells*, 1675, ens. 2 part. en 1 vol. in-8, mar. rouge, fil. dos orné, tr. jasp. (*Rel. anc.*)

Bel exemplaire aux armes et au chiffre de Jean-Baptiste COLBERT, ministre de *Louis XIV*.

---

49. M. FABII QUINTILIANI oratoris eloquentissimi de institutione oratoria libri XII, *Parisiis, apud Vascosanum*, 1549, in-fol., mar. citron, moucheté, fil. dos orné, tr. dor. (*Rel. anc.*)

Superbe exemplaire aux troisièmes armes de DE THOU, avec son chiffre sur le dos du volume.

50. ORAISON FUNÈBRE de Louis-Charles-Gaston de Foix et de la Valette, duc de Candale, général français, né à Metz le 14 avril 1627 (par Gabriel de Roquette, évêque d'Autun). Manuscrit du XVIIe siècle très bien

calligraphié en caractères imitant l'impression; il comprend 92 pages et porte la signature du calligraphe Berthiot, in-4, mar. rouge, fil. dos orné, doublé de mar. rouge, avec compart. de fil. dent. int. tr. dor. (*Du Seuil.*)

Beau manuscrit aux armes de la marquise de POMPADOUR, qui très probablement devint, par la suite, propriétaire de ce volume et y fit apposer ses armoiries. Le duc de *Candale* était le fils de *Bernard d'Epernon* et de *Gabrielle de Verneuil*, fille légitimée d'*Henri IV* et de la marquise de *Verneuil*. Cette oraison funèbre fut prononcée à Lyon en 1658 devant le prince de *Conti* et la sœur du défunt, Anne-Louise-Christine, carmélite.

---

51. La Poétique d'Aristote traduite en françois, avec des remarques (par Dacier). *Paris, Claude Barbin*, 1692, in-4, pap. réglé, mar. vert, large dent. dos orné, doublé de mar. citron, dent. int. tr. dor. (*Rel. anc.*)

Bel exemplaire relié par *Boyet*.

52. Les quatre poëtiques d'Aristote, d'Horace, de Vida, de Despréaux, avec les traductions et des remarques, par l'abbé Batteux. *Paris, Saillant et Nyon*, 1771, 2 vol. gr. in-8, pap. de Holl., front. ajouté, mar. vert, fil. dos orné, dent. int. tr. dor. (*Rel. anc.*)

Bel exemplaire relié par *Derome*, avec son étiquette à l'intérieur du tome Ier.

53. Auctores cum glosa octo libros || subscriptos continentes : videlicet || Cathonis || Theodosi || Faceti || Cartule : alias de contemptu mundi || Thobiadis || Parabolarum alani. || Fabularum Esopi || Floreti. (In fine) : *Impressi Lugduni per Johannem de prato, anno domini* M. CCCC LXXXXII (1492), petit in-4. goth. sign. A-z et A. D., par 8 ff. le dernier de 6, demi-bas. marb. dos orné, tr. rouge. (*Rel. moderne.*)

Marque de *Jehan du Pré* sur le titre. Exemplaire court (plusieurs feuillets sont rognés à la lettre), mouillures.

54. Catullus, Tibullus et Propertius, pristino nitori restituti, et ad optima exemplaria emendati. Accedunt fragmenta Cornelio Gallo inscripta. *Lugduni Batavorum* (*Barbou*), 1743, in-12, pap. réglé, front. grav. mar. rouge, dent., dos orné, doublé et gardes de tabis bleu, dent. int. tr. dor. (*Rel. anc.*)

55. Fragmenta poetarum veterum latinorum, quorum opera non extant : Ennii, Accii, Lucilii, Laberii... aliorumque multorum : undique à Rob. Stephano diligentia olim congesta, nunc autem ab Henrico Stephano eius filio digesta. *Anno* 1564, *excudebat Henricus Stephanus*, in-8, mar. violet, pet. dent. dos orné, dent. int. tr. dor.

56. Les œuvres d'Hésiode, traduction nouvelle dédiée au Roi, enrichie de notes par M. Gin. *Paris, Gueffier*,

1785, in-8, mar. brun, pet. dent. dos orné, dent. int. tr. dor. (*Rel. anc.*)

57. ŒUVRES D'HORACE en latin et en françois, avec des remarques critiques et historiques, par Monsieur Dacier. *Hambourg, imprim. d'A. Vandenhoeck*, 1735. 10 vol. in-12, mar. rouge, fil. dos orné, dent. int. tr. dor. (*Rel. anc.*)

Bel exemplaire dans une jolie et fraîche reliure de *Derome*.

58. Quintus Horatius Flaccus ad lectiones probatiores diligenter emendatus, et interpunctione nova saepius illustratus. Editio altera. *Glasguæ, in aedibus academicis* 1750, pet. in-8, mar. rouge, fil. dos orné. dent. int. tr. dor. (*Rel. anc.*)

59. Quinti Horatii Flacci poëmata, scholiis sive annotationibus, instar commentarii illustrata à Joanne Bond. *Aurelianis, typis Couret de Villeneuve*, 1767. in-12, mar. rouge, fil. coins et dos ornés, dent int. tr. dor. (*Rel. anc.*)

60. Quintus Horatius Flaccus. *Birminghamiae, typis Johannis Baskerville*, 1770, in-4, front. et 4 fig. par Gravelot, mar. rouge, fil. dos orné à la grotesque. dent. int. tr. dor. (*Derome.*)

Bel exemplaire.

61. Satires de Juvénal, traduites par J. Dusaulx, troisième édition, ornée de figures dessinées par Moreau le jeune. *Paris, Didot*, 1796, 2 vol. in-4, 2 front. par Moreau, cart. de l'époque, non rog.

62. Titi Lucretii Cari de rerum natura libri sex. Accedunt Selectae lectiones dilucidando poëmati appositæ. *Lutetiæ Parisiorum, sumptibus Ant. Coustelier*, 1744, in-12, front. et fig. grav. par Duflos, mar. rouge, fil. dos orné, dent. int. tr. dor. (*Rel. anc.*)

63. M. Valerii Martialis epigrammatum libri; ad optimos codices recensiti et castigati. *Parisiis, apud Carolum Robustel*, 1754, 2 vol. in-12, pap. de Holl. front. par Eisen, veau fauve, fil. dos orné, dent. int. tr. dor. (*Rel. anc.*)

Exemplaire parfaitement relié, *ex-libris* arraché à l'intérieur des deux volumes.

64. M. Valerii Martialis epigrammatum libri, ad optimos codices recensiti et castigati. *Parisiis, apud Carolum Robustel*, 1754, 2 vol. in-12, pap. de Holl. front. par Eisen, mar. rouge, fil. dos orné, dent. int. tr. dor. (*Rel. anc.*)

65. Les Métamorphoses d'Ovide, traduites en françois, avec des remarques et des explications historiques par M. l'abbé Banier. *Amsterdam, Wetstein*, 1732, 3 vol.

in-12, front. et fig. par B. Picart, mar. rouge, fil. dos orné, dent. int. tr. dor. (*Rel. anc. de Mouillié, avec son étiquette.*)

Exemplaire parfaitement relié.

66. Priapeia, sive diversorum poetarum in Priapum lusus ; illustrati commentariis Gasperis Schoppi, Franci. L. Apuleii madavrensis Anexomenos, ab eodem illustratus. *Patavii* (*Amstelodami*), 1664, pet. in-8, mar. vert, fil. dos orné, dent. int. tr. dor (*Rel. anc.*)

Exemplaire relié par *Derome*, avec son étiquette collée sur le feuillet de garde.

67. Publii Virgilii Maronis opera. Curis et studio Stephani Andreæ Philippe. *Lutetiæ Parisiorum, sumptibus Ant. Urb. Coustelier*, 1745, 3 vol. in-12, fig. de Cochin, mar. rouge, fil. dos orné, tr. dor. (*Rel. anc.*)

Joli exemplaire; ex-libris de Mgr de *Broglie* à l'intérieur des volumes. Raccommodage au plat supérieur du tome III.

68. Publii Virgilii Maronis Bucolica, Georgica et Aeneis. *Birminghamiae, typis Johannis Baskerville*, 1757, in-4, mar. rouge, large dent. et comp. de fil. sur les plats, dos orné, large dent. int. tr. dor. (*Rel. anglaise de Kalthoeber, avec son étiquette.*)

Bel exemplaire provenant de la bibliothèque du prince *Radziwill*.

69. Pamphilus de amore cũ cõmento familiari : noviter reuisus. (In fine) : Impressus pro Francisco Regnault.... anno dñi millesimo quingentesimo quinto. (1505) petit in-4. goth. de 52 ff. cart.

70. Septem miracula Delphinatus, ad Christinam Alexandram serenissimam Suecorum, Gothorum et Vandalorum reginam, unicam magni Gustavi sobolem : *Gratianopoli, apud Philippum Charuys*, 1656, petit in-8, mar. rouge, fil. à fr. dent. int. tr. dor. (*Capé.*)

L'auteur de ce rare ouvrage est *Dionysius Salvagnius Boessius* (*Denys Salvaing de Boissieu*).

71. Aegidii Menagii poëmata, quinta editio, prioribus longè emendatior. *Parisiis, apud Sebast. Mabre-Cramoisy*, 1668, in-8, mar. rouge, fil. dos orné, dent. int. tr. jasp. (*Rel. anc.*)

Aux armes du roi Louis XIV et à son chiffre. La reliure et les armoiries ont été frottées et la dorure de ces dernières a disparu en partie.

72. Anti-Lucretius, sive de Deo et Natura, libri novem. Eminentissimi S. R. E. Cardinalis Melchioris de Polignac opus posthumum. *Parisiis, apud H. L. Guérin*, 1747, 2 vol. gr. in-8, portr. vign. et c. de l. mar. vert olive, fil. dos orné d'hermines, dent. int. tr. dor. (*Rel. anc.*)

Bel exemplaire aux armes du comte de Maurepas, avec les pièces d'armoiries répétées sur les dos des reliures.

73. Dionysii Salvagnii equitis, sacri Consistorii Consilarii, sylvae, quatuor de totidem Delphinatus miraculis, accedit ejusdem et Isabellae Deagentiae epithalamium, autore Scipione Guilleto. *Gratianopoli, ex officina Eduardi Rabani*, 1658, pet. in-4, vél. (*Rel. anc.*)

Bel exemplaire de cette première et rare édition.

---

74. Fabliaux et contes des poètes françois des XIe, XIIe, XIIIe, XIVe et XVe siècles, tirés des meilleurs auteurs, publiés par Barbazan. *Paris, Warée*, 1808, 4 vol. — Nouveau recueil de fabliaux et contes, publié par Méon. *Paris, Chasseriau*, 1823, 2 vol. Ens. 6 vol. gr. in-8, fig., dos et c. de mar. orange, tête dor., non rog. (*Bauzonnet.*)

Exemplaire sur grand papier de Hollande, avec les figures en trois états. Il provient du prince *Camerata*.

75. Œuvres complètes de Rutebeuf, trouvère du XIIIe siècle, recueillies et mises au jour pour la première fois par Achille Jubinal. *Paris, Pannier*, 1839, 2 vol. in-8, mar. vert, dent. et encad. de fil. sur les plats, dos orné de fers dorés, doublé et gardes de moire violette, fil., mors de mar., tr. dor. (*Levasseur et Cie.*)

Un des 20 exemplaires sur papier de Hollande, dans une belle reliure romantique.

76. Roman de la Violette, ou de Gérard de Nevers, en vers du xiiie siècle, par Gibert de Montreuil; publié pour la première fois, d'après deux manuscrits de la Bibliothèque Nationale, par Francisque Michel. *Paris, Silvestre*, 1834, in-8, fig., mar. rouge, fil., dos orné, dent. int., non rogn. (*Bauzonnet-Trautz.*)

Un des 15 exemplaires sur papier de Hollande, contenant la suite des 8 gravures en deux états : en noir sur papier de chine et sur peau de vélin coloriées à l'imitation des anciennes miniatures. La bordure des figures sur peau de vélin est noircie.

77. Rondeaulx || en nombre || trois cens cinquante, singuliers et à || tous propos Nouvellemēt impri || mees à Paris. (*A la fin* :) *Imprime nouvellement à Paris, pour Pierre Sergent demourāt en la rue Neufue nostre dame a l'enseigne Sainct Nicolas*, s. d. (vers 1520), in-16 goth. de 6 ff. prélim. non chiff. et 106 ff. chiff. bois au titre, veau fauve. (*Rel. anc.*)

Petit volume très rare, attribué à *Gringore*.

78. Le Grand nauffraige des || folz qui sont en la nef dinsipiēce, navigeans en la mer de ce mōde || . Liure de grand effect, profit, utilité, valeur, honneur et moralle || vertu. A l'instruction de toutes gēs : Lequel liure est aorné de grād || nombre de figures, pour mieulx y monstrer la follie du monde (par Brandt). *On les vend à Paris en la rue neufve nostre dame, a l'enseigne Sainct Jehan baptiste, près saincte Genevieføe des ardens par Denys Janot*, s. d., petit in-4,

goth. de 54 ff. non chiff. nomb. fig. s. bois, mar. citron, fil., dos orné, dent. int., tr. dor. (*Rel. du XVIIIe siècle.*)

Volume rare dont les figures sur bois, fort curieuses, sont tirées de la *Nef des fols*, en vers, du même auteur.

79. Les Œuvres de Clément Marot, de Cahors, vallet de chambre du Roy. Reveues et augmentées de nouveau. *Lyon, Guill. Rouille*, 1550-1551, 2 part. en 1 vol. in-16, fig. s. bois, mar. rouge, compart. de fil. à la Du Seuil, dos orné, dent. int., tr. dor. (*Rel. anc.*)

Le dernier feuillet est déchiré et remonté.

80. Les Œuvres de Clément Marot, de Cahors, valet de chambre du Roy. *La Haye, Adrian Moetjens*, 1700, 2 vol. pet. in-12, mar. rouge, compart. de fil. dos orné, dent. int. tr. dor. (*Du Seuil.*)

Joli exemplaire de la bonne édition sous cette date.

81. MARGUERITES DE LA MARGUERITE des princesses, très illustre royne de Navarre. *Lyon, Jean de Tournes*, 1547, 2 part. en 1 vol. in-8, caract. ital., fig. s. bois, mar. rouge, fil. dos orné, dent. int. tr. dor. (*Rel. anc.*)

Première édition des poésies de Marguerite de Valois, reine de Navarre, publiée par *Jean de la Haye*, son valet de chambre. Bel exemplaire dans une reliure du XVIIIe siècle, de toute fraîcheur. Très rare en cet état.

82. L'Amie de court, inventée par le seigneur de Borderie, *s. l. n. d.*, petit in-8 de 32 pages, mar. rouge. milieux et dos ornés à la rose, dent. int. tr. dor. (*Trautz-Bauzonnet.*)

Charmant exemplaire.

83. La Louenge des femmes. Invention extraite du commentaire de Pantagruel, sur l'Androgyne de Platon, *s. l.*, 1551, petit in-8 de 54 pages, mar. rouge, fil. dos orné, dent. int. tr. dor. (*Niedrée.*)

Livre rare. C'est une satire sanglante contre les femmes.

84. Euvres en rime de Jan Antoine de Baif, secrétaire de la chambre du Roy, *Paris, Lucas Breyer*, 1573, 1 vol. — Les Jeux de Jan Antoine de Baif. *Ibid*, *id.*, 1572. — Les Passe Tems de Jan Antoine de Baif. *Ibid.*, *id.*, 1573, 2 ouvr. en 1 vol. Ens. 2 vol. petit in-8, veau fauve fil. et bas. fauve. (*Rel. anc.*)

Il manque les *Amours* pour que la collection des œuvres soit complète. Les volumes ne sont pas de même taille et la reliure est différente.

85. Œuvres poétiques de Estiene Forcadel, iurisconsulte. Dernière édition reveuë, corrigée et augmentée par l'autheur, *Paris, Guill. Chaudière*, 1579, in-8, mar. citron, pet. dent. dos orné, dent. int. tr. dor. (*Rel. anc.*)

Édition donnée après la mort de l'auteur, par *L. P. Forcadel*.

son fils; c'est un des plus rares volumes de poésies publiés au XVIe siècle. Bel exemplaire.

86. L'Enfer de Cupido, par le seigneur des Coles. Première impression. *Lyon, Macé Bonhomme*, 1555, petit in-8 de 54 pages, fig. s. bois, mar. citron, dent. coins et dos ornés, dent. int. doublé et gardes de moire rose, mors de mar. tr. dor. (*Bozérian.*)

Poëme sur les tribulations que fait éprouver l'amour; il est orné de jolies figures sur bois.

Très rare.

87. De la transformation métallique, trois anciens traictez en rithme françoise. A scavoir. La fontaine des amoureux de science : auteur : J. de La Fontaine. — Les remonstrances de nature à Lalchymiste errant (par J. de Meung). Le sommaire de N. Flamel. *Paris, Guillard*, 1561, pet. in-8, mar. La Vallière, milieux, coins et dos ornés, dent. int. tr. dor. (*Capé.*)

L'exemplaire a été lavé, et le lavage a effacé, en partie, un grand nombre de notes manuscrites anciennes qui se trouvaient sur les marges.

88. Les Premières Œuvres de Philippes Desportes. Au Roy de France et de Pologne. Reueues, corrigees et augmentees en ceste dernière impression. *Paris, Mamert Patisson*, 1578, petit in-12, pap. réglé, vélin, plats et dos ornés de compart. dorés, tr. dor. (*Rel. du XVIe siècle.*)

Charmant exemplaire dans sa reliure originale en vélin doré.

89. Erotopegnie ou passetemps d'amour. Ensemble une comédie du muet insensé. Par Pierre Le Loyer, sieur de La Brosse, angevin. *Paris, Abel l'Angelier*, 1576, in-8, veau fauve, dent. dos orné, dent. int. tr. dor. (*Rel. du commencement du XIXe siècle.*)

Première édition d'une partie des œuvres de *P. Le Loyer*.

90. L'Eden ou Paradis terrestre de la seconde semaine de Guillaume de Saluste, seigneur du Bartas. Avec cōmentaires et annotations par Claude Duret bourbonnois. *Lyon, Benoist Rigaud*, 1594, petit in-4, mar. citron, fil. coins et dos ornés de fl. de lys, dent. int. tr. dor.

Livre rare ; annotations manuscrites du temps sur les marges et plusieurs feuillets jaunis.

91. La Divina settimana, cioè i sette giorni della creatione del mondo, del signor Guglielmo di Salusto di Bartas. Tradotta di rima francese in verso sciolto italiano, dal Sr Ferrâte Guisone. *In Venetia, presso. G. B. Ciotti*, 1601, petit in-12, front. et fig. grav. mar. olive, dos orné. (*Rel. anc.*)

Exemplaire aux troisièmes armes de DE THOU, et avec son chiffre au dos de la reliure ; cette dernière a une éraflure au plat supérieur.

92. Les Poèmes de messire Claude Expilly, conseiller du Roy en son Conseil d'état et prézidant au Parlemant de Grenoble. *Grenoble, Pierre Verdier*, 1624,

gr. in-4. vél. blanc, mil. et fil. dorés, dos orné, tr. dor. (*Rel. anc.*)

Livre rare, dans sa première reliure en vélin d'une parfaite conservation, malheureusement il est piqué des vers à certains endroits, à l'intérieur, et a de nombreuses mouillures.

93. Obros et rimos provenssalos, de Loys de La Bellaudiero, gentilhomme prouvenssau. Revioudados per Pierre Paul, escuyer de Marseillo. A *Marseille, par Pierre Mascaron*, 1595. 4 part. en 1 vol. pet. in-4. parch. (*Rel. anc.*)

Premier livre imprimé à Marseille. Exemplaire bien complet et provenant de la bibliothèque d'*Ant. de Ruffi*, l'historien, qui a écrit son nom et son ex-libris sur la garde du volume. A la fin se trouve un feuillet sur lequel *Ruffi* a écrit aussi de sa main une ode en langue provençale adressée à *Pau* (*Pierre Paul*), éditeur des œuvres de *La Bellaudière* et auteur de la *Barbouillado*.

Livre précieux, dont on ne connait que quelques exemplaires : le présent exemplaire a de fortes mouillures, et plusieurs passages sont rayés à l'encre.

94. L'Enfer de la mère Cardine, traitant de la cruelle et terrible bataille qui fut aux enfers, entre les diables et les maquerelles de Paris, aux nopces du portier Cerberus et de Cardine, qu'elles vouloyent faire royne d'enfer, 1597. — Déploration et complaincte de la mère Cardine de Paris, 1570, etc., en 1 vol. gr. in-8. mar. rouge, compart. de fil. dos orné, doublé et gardes de moire blanche, tr. dor. (*Rel. genre Bozérian.*)

Réimpression faite par *Didot* en 1793 et tirée seulement à 108 exemplaires.

95. Les Royales couches ou les naissances de monsieur le Dauphin et de Madame. Composées en vers françois par Claude Garnier, parisien. *Paris, Abel l'Angelier*, 1604, pet. in-8, mar. rouge, fil. dos orné, dent. int. tr. dor. (*Capé.*)

Bel exemplaire de ce rare volume composé à l'occasion de la naissance de *Louis XIII*; il comprend des odes, églogues, pastorales, etc... et un chant de réjouissance en la neuvième année de la réduction de Paris.

96. Les Amours du berger Philandre et de Caliste, et autres œuvres. Par le sieur des Vallottes. *Paris, J. Villery*, 1625, in-8, de 71 pp., mar. rouge, fil. dos orné, dent. int. tr. dor. (*Rel. anc.*)

Piqûre de ver dans la marge supérieure de quelques feuillets.

97. Poésies de Malherbe, rangées par ordre chronologique, avec la vie de l'auteur, et de courtes notes, par A. G. M. Q. (Meunier de Querlon). *Paris, Barbou*, 1776, pet. in-8, veau fauve., pet. dent. dos orné à la grotesque, dent. int. tr. dor. (*Padeloup*).

Exemplaire sur grand papier; déchirure au feuillet 51.

98. Les Sentimens de messire Pierre Forget, chevalier, sieur de La Picardière, conseiller du Roi en son conseil d'estat, et M[e] d'hostel ordinaire de sa maison, *Paris, Guill. Citerne*, 1651, pet. in-4, parch. (*Rel. anc.*)

Livre rare. Ce poëte est resté inconnu à *Du Verdier* et à

Gouget. Annotations manuscrites sur les marges et quelques mouillures.

99. Les Chevilles de Me Adam, menuisier de Nevers. Seconde édition, augmentée par l'autheur. *Rouen, Jacques Cailloué*, 1654, pet. in-8, mar. vert. fil. à fr., dent. int. tr. dor. (*Duru.*)

100. Le Vilebrequin de Me Adam, menuisier de Nevers, contenant toutes sortes de poësies gallantes, tant en sonnets, epistres, epigrammes, elegies, madrigaux, etc. *Paris, Guillaume de Luyne*, 1663, in-12, mar. bleu, compart. de fil. dos orné, dent. int. tr. dor. (*Rel. de la fin du XVIIIe siècle.*)

Mouillures.

101. ŒUVRES DIVERSES DU SIEUR D*** (Nic. Boileau-Despréaux) avec le Traité du Sublime ou du Merveilleux dans le discours, traduit du grec de Longin. Nouvelle édition reveuë et augmentée. *Paris, Claude Barbin*, 1685, in-8, pap. réglé, front. et fig., mar. rouge, doublé de mar. bleu, dent. tr. dor. (*Rel. anc.*)

Précieux et superbe exemplaire de LONGEPIERRE, avec son insigne (la Toison d'or) répété sur les plats, le dos et la doublure de la reliure.

102. ŒUVRES DE Mr BOILEAU-DESPRÉAUX, avec des éclaircissemens historiques donnez par lui-même. *Genève*,

Fabri et Barrillot, 1716, 2 t. en 1 vol. in-4, portr. et fig. mar. rouge, large dent., dos orné, dent. int. tr. dor. (*Rel. anc.*)

Belle reliure aux armes de VINTIMILLE DU LUC, avec les pièces d'armoiries répétées dans la dentelle. Taches d'encre sur le premier plat de la reliure.

103. Œuvres de M. Boileau-Despréaux. Nouvelle édition avec des éclaircissements historiques, par M. de Saint-Marc. *Paris, David*, 1747, 5 vol. pet. in-8, portr. et fig., veau fauve, fil. dos orné, dent. int. tr. dor. (*Rel. anc.*)

104. Poésies de Boileau-Despréaux. *Paris, Didot*, 1781, 2 vol. in-18, mar. rouge, fil. dos orné, dent. int. tr. dor. (*Derome.*)

Charmant exemplaire.

105. Le Cantique des cantiques, pastorale sainte. A Monseigneur, et Madame, le Duc et la Duchesse de Bourgogne. Par M. de La Bonnodière. *Caen, Poisson*, 1708, in-8, mar. rouge, fil. à fr. tr. jasp. (*Rel. anc.*)

Édition originale de ce livre rare.

106. Poësies françoises de M. l'abbé Regnier Desmarais, secrétaire perpétuel de l'Académie françoise,

Amsterdam et Leipsick, 1755, 2 vol. pet. in-12, veau marb. fil. dos orné. (*Rel. anc.*)

Aux armes de la marquise de POMPADOUR; les reliures sont fatiguées.

107. La Guirlande de Julie, offerte à Mademoiselle de Rambouillet, Julie-Lucine d'Angennes, par M. le Marquis de Montausier. *Paris, Imprimerie de Monsieur*, 1784, pet. in-8, pap. vél. mar. rouge, à long grain, dent. et compart. au pointillé, dos orné, doublé et gardes de moire verte, dent. int. tr. dor. (*Rel. du commencement du XIXe siècle.*)

Bel exemplaire de cette édition tirée à petit nombre.

108. Œuvres de P. J. Bernard, ornées de gravures, d'après les desseins de Prudhon, la dernière estampe gravée par lui-même. *Paris, Didot*, 1797-*an V*; in-4 fig. cart.

Bel exemplaire dans son cartonnage original, non rogné et non coupé. Belles épreuves des 4 figures de *Prudhon*.

109. COLLECTION DES AUTEURS CLASSIQUES françois et latins, imprimée par ordre du Roi pour l'éducation du Dauphin. *Paris, Imprimerie de Didot l'aîné*, 1783-1788, 18 vol. in-18, mar. vert. fil. dos orné à la rose, dent. int. tr. dor. (*Derome.*)

Charmant exemplaire en papier vélin de cette jolie collection, chef-d'œuvre de typographie. Elle comprend : *Aventures de Télé-*

maque, 4 *vol.* — *Discours sur l'histoire universelle*, 4 *vol.* — *Les Fables de La Fontaine*, 2 *vol.* — *Les Œuvres de Racine*, 5 *vol.* — *Les Œuvres de Boileau*, 3 *vol.*

---

110. Fables de La Fontaine. *Paris*, *Didot*, 1782, 2 vol. in-18, mar. rouge, fil. dos orné, dent. int. tr. dor. (*Derome*.)

111. CONTES ET NOUVELLES EN VERS de La Fontaine. *Amsterdam* (*Paris*, *Barbou*), 1762, 2 vol. in-8, portr. et fig. mar. rouge, plats et dos ornés de fers spéciaux, doublé de tabis bleu, dent. int. tr. dor. (*Rel. anc.*)

Superbe exemplaire recouvert de la reliure dite *de présent*, dont les ornements ont été exécutés d'après les dessins de *Gravelot*. Cet exemplaire, outre les 80 figures de l'édition, contient 22 pièces dites refusées, parmi lesquelles se trouvent les figures découvertes suivantes : *Le Tableau*, *La Servante justifiée*; *Le Cas de conscience*; *Le Diable de Papefiguière*, et LE ROSSIGNOL, cette dernière figure est de toute rareté. La reliure est de toute fraicheur. Une note au crayon mentionne que cet exemplaire serait celui de *M. de Beaujon*, fermier général.

112. CONTES ET NOUVELLES EN VERS de La Fontaine. *Amsterdam* (*Paris*, *Barbou*), 1762, 2 vol. in-8. portr. et fig. mar. rouge, fil. dos orné, doublé et gardes de pap. doré et étoilé, dent. int. tr. dor. (*Rel. anc.*)

Bel exemplaire de l'édition dite des *Fermiers généraux*, ornée des superbes figures d'*Eisen* et des culs-de-lampe de *Choffard*.

Les figures du *Cas de conscience* et du *Diable de Papefiguière* sont découvertes, et l'*Imitation d'Anacréon* avant la flèche. Belles épreuves. Petit raccommodage à un des coins de la reliure du tome II.

113. Contes et nouvelles en vers par Jean de La Fontaine. *Paris, impr. de P. Didot l'aîné*, 1795, 2 vol. in-4 brochés, non rognés et non coupés.

Bel exemplaire avec les 20 figures de *Fragonard* en belles épreuves. Trois de ces figures sont avant la lettre : *Le Pardon* (*Joconde*); *La Fiancée du roi de Garbe* et *Le Baiser rendu*.

---

114. Pétrone latin et françois, traduction entière, suivant le manuscrit trouvé à Belgrade en 1688 (par Nodot). *S. l.* (*Hollande*), 1709, 2 vol. petit in-8, fig. mar. bleu, fil. dos orné, dent. int. tr. dor. (*Rel. anc.*)

Édition la meilleure de cette traduction. Exemplaire aux armes de Machault d'Arnouville. Les armoiries ont été frottées et la dorure a disparu en partie, un morceau de maroquin manque au bas du dos du tome I.

115. Titi Petronii arbitri, equitis romani satyricon, cum fragmentis. Albae Graecae recuperatis, anno 1688. *Coloniae Agrippinae apud Jos. Gooth*, 1691, in-12, mar. rouge, fil., dos orné, dent. int. tr. dor. (*Rel. anc.*)

116. Saint-Germain, ou les amours de M. D. M. T. P. (Madame de Montespan), avec quelques autres galan-

teries (attribué à Corneille Blessebois). *S. l. n. d.* (*Hollande, Elzevier*), pet. in-12, chagr. violet, fil. dos orné, dent. int. tr. dor.

Cet ouvrage n'est qu'une réimpression de *Lupanie*, roman satirique attribué à *Corneille Blessebois*; toutefois, l'épître dédicatoire a été supprimée, et à partir de la page 114, se trouvent des vers orduriers qui ne sont pas dans l'édition primitive.

117. Lettres juives, ou correspondance philosophique, historique et critique, entre un juif voïageur en différens états de l'Europe, et ses correspondans en divers endroits (par Boyer m^is d'Argens). *La Haye, Pierre Paupie*, 1738, 6 vol. pet. in-8, front. grav. mar. vert foncé, pet. dent. dos orné, dent. int. tr. dor. (*Derome*.)

Édition originale.
Mouillures à plusieurs reliures.

118. Œuvres diverses de M. F. A. de Chevrier, gentilhomme lorrain. *Amsterdam, Constapel*, 1764, 6 vol. in-12, mar. vert, pet. dent., dos orné, dent. int. tr. dor.

Bel exemplaire dans une reliure ancienne de toute fraicheur.

---

119. GYRONE IL CORTESE di Luigi Alamanni al christianissimo, et invittissimo re Arrigo secondo.

Stampato in Parigi, da Rinaldo Calderio, 1548, petit in-4 de 8 ff. lim. non chiff. et 180 ff. chiff. mar. rouge, fil. dos orné, dent. int. tr. dor. (*Rel. anc.*)

Édition recherchée qui a été imprimée sous les yeux de l'auteur; elle est rare. Cassure aux ff-62, 63 et 65 et taches aux ff-98, 99, 130, 133 et 175. Piqûre de ver enlevant un peu de texte au dernier feuillet.

120. Dubbii amorosi, altri dubbii, e sonetti lussuriosi di Pietro Aretino. *Nella stamperia del Forno alla corona de Cazzi, s. d.*, in-16 de 82 pp., mar. rouge, fil. dos orné, doublé et gardes de pap. doré et étoilé, tr. dor. (*Rel. anc.*)

Édition faite à Paris, chez *Grangé*, vers 1757, aux dépens de *Corbie*, intendant du duc de *Choiseul*. Jolie reliure.

121. ORLANDO FURIOSO di messer Lodovico Ariosto et di piu aggiuntovi in fine piu di cinquecento stanze del medesimo auttore, non piu vedute. *Riueduto et corretto nuouamente con somma diligenza in Vinegia* (*Aldus*) 1545, pet. in-4, mar. vert, compart. de fil. dor. et à fr. et ornem. dor. sur les plats, dos orné de fers à fr. tr. dor. (*Rel. du XVIe siècle.*)

Précieux exemplaire provenant de la bibliothèque du cardinal de GRANVELLE avec ses armes au verso du titre. On sait combien sont recherchés les livres provenant de cet amateur célèbre qui fut premier ministre de *Charles-Quint*; ce volume est d'autant plus intéressant qu'il a été édité par les *Alde* dont le cardinal de *Granvelle* fut un des plus puissants protecteurs. La conservation de ce beau livre est parfaite.

122. Indovinelli Riboboli. Passerotti, et Farfaloni, nuouamente messi insieme, et la maggior parte non piu stampati, parte in prosa et parte in rima, et hora posti in luce per ordine d'alfabeto. *In Firenze, appresso Pagolo Bigio da Badia, l'anno* 1566, pet. in-4 de 8 ff. fig. s. bois, mar. cit. souple.

Édition rare de ce petit recueil de facéties, ornée de figures sur bois.

123. Triomphi di Carlo di messer Francesco di Lodovici Vinitiano. (In fine :) *Stampato in Vinegia per Mapheo Pasini*, 1535, 2 part. en 1 vol. pet. in-4. front. grav. caract. ital. à 2 col. mar. La Vall. jans. dent. int. tr. dor.

Quelques mouillures.

124. Orlando del signor Prevosto don Hercole Oldoino. Dedicato à don Filippo Terzo prencipe di Spagna. *In Venetia*, 1598, pet. in-4. mar. rouge jans. dent. int. tr. dor. (*Capé*.)

Poème de 21 chants, en stances de huit vers, où sont célébrés les premiers exploits de Roland.

125. Vendetta di Ruggiero, continuata alla materia dell'Ariosto con le allegorie ad ogni canto nuouamente da Giouambattista Pescatore nobile Rauegnano composta. *In Vinegia, al segno del diamante*, 1556, pet. in-4, titre-front. et fig. s. bois, mar. rouge, fil. à fr. dent. int. tr. dor.

126. Grillo canti dieci d'Enante Vignajuolo (Jérôme Baruffaldi). *Verona*, 1738, in-8, fig. et vign. grav. mar. rouge, fil. dos orné de fil. dent. int. tr. dor. (*Rel. anc.*)

127. Il Malmantile racquistato di Perlone Zipoli colle note di Puccio Lamoni e d'altri. *In Firenze*, 1750, 2 part. en 2 vol. in-4, front. et portr. mar. rouge, fil. dos orné, dent. int. tr. dor. (*Rel. anc.*)

Belle édition donnée par *J. Carlieri*; plus complète et plus correcte que celle de 1731.

128. Scelta di prose et poesie italiane. Prima edizione. *In Londra, appresso Giovanni Nourse*, 1765, pet. in-8 mar. bleu, fil. coins et dos ornés, dent. int. tr. dor (*Rel. anc.*)

Ce recueil a probablement été imprimé à Paris; il est rare, ayant été prohibé par décret spécial de la Sainte Congrégation des Rites, en date du 26 janvier 1767.
Joli exemplaire.

129. Les Nuits d'Young, traduites de l'anglais, par Letourneur, mises en vers français. *Paris, Didot*, 1792. 4 vol. in-12, veau fauve, fil. dos orné, dent. int. tr. dor. (*Rel. anc.*)

Mouillures à l'intérieur et au bas des dos des reliures.

150. Tragœdiae selectae Aeschyli, Sophoclis, Euripidis. Cum duplici interpretatione latina, una ad verbū, altera carmine. *An 1567. Excudebat Henr. Stephanus.* 3 vol. pet. in-12, textes latin et grec, mar. rouge, pet. dent. dos orné, dent. int. tr. dor. (*Rel anc.*)

151. Tragœdiæ Sophoclis quot quot extant carmine latino redditae. Georgio Ratallero in supremo apud Belgas Regio Senatu Mechliniae consiliario... interprete. *Antuerpiae, apud Joannem Bellerum*, 1584, in-8 veau fauve, coins et mil. dor. dos orné, tr. dor. (*Rel. du XVIe siècle.*)

Curieuse reliure du XVIe siècle.

152. Les Comédies de Térence. Traduction nouvelle avec le texte latin à côté et des notes par l'abbé Le Monnier. *Paris Jombert*, 1771, 3 vol. in-8, mar. rouge, fil. dos orné, dent. int. tr. dor. (*Rel. anc.*)

Un frontispice et six belles figures de Cochin.
Superbe exemplaire sur papier de Hollande.

153. Quattro comedie del divino Pietro Aretino. Cioè : Il Marescalco; La Cortegiana; La Talanta; L'Hipocrito. *S. l.* 1588, très pet. in-8, mar. violet à long grain dent. dos orné, doublé et gardes de moire orange, dent. int. tr. dor. (*Rel. du commencement du XIXe siècle.*)

154. Gli amorosi Inganni comedia piacevole di Vincenzo Belando detto Cataldo Sicil^mo. *In Parigi, appresso David Gilio*, 1609, pet. in-8, mar. rouge, fil. dos orné, dent. int. tr. dor. (*Capé.*)

Les personnages s'expriment en sicilien, en vénitien, en espagnol, quoique la scène soit à Paris. *Belando* abonde en conceptions joyeuses, en gaillardises admirables, que l'on croirait avoir été puisées dans le répertoire de *Tabarin*. Le présent exemplaire contient les deux feuillets d'errata.

---

155. Le Mistère de la cōception || natiuite, mariage et annōciatiō de la || benoiste vierge marie. Auec la natiuite de || Jesuchrist et son enfance, cōtenāt plusieurs || belles hystoires dōt les nōs sont en la ta || ble de ce present livre. Imprime nouvellement. (A la fin :) *Imprime a Paris par Jehan trepperel libraire et ĩprimeur, demourant en la rue neufve nostre dame a lenseigne de lescu de France S. d* (vers 1511), pet. in-4 goth. à 2 col. de 111 ff. chiff. et 1 feuillet non chiff., figures sur bois, mar. rouge, large dent. dos orné, dent. int. tr. dor. (*Rel. du XVIIIe siècle.*)

Bel exemplaire de ce livre rare, orné de curieuses figures sur bois. Jolie reliure.

156. Sensuyt le mistere || de la passiō nostre || seign̄r Jhesuchrist || avec les aditiōs faictes p̄ treseloquent et

sciētifiq̄ || docteur maistre Jehan Michel. Leq̄l mistère fut || joue à Angiers moult triumphantement et der || nierement à Paris. (A la fin :) *Nouvellement imprimée a Paris, par la veufue feu Jehā trepperel et Jehā Jehannot īprimeur et libraire... demourant en la rue neufue Nr̄e dame a lenseigne de lescu de Frāce, s. d.*, pet. in-4, goth. à 2 col. de 254 ff. fig. s. bois, mar. rouge, dent. dos orné au pointillé, doublé et gardes de moire violette, tr. dor. (*Bozérian.*)

Quoique le dernier feuillet soit coté 264, le livre n'a effectivement que 254 ff, parce que les chiffres de la pagination sautent de 89 à 100 (*Brunet, Manuel*).

137. Le Mistère de la saincte hostie nouuellement imprime à Paris, in-8, mar. rouge, fil. dos orné, dent. int. tr. dor. (*Trautz-Bauzonnet.*)

Réimpression faite à Aix, par *Pontier*, en 1817.
Un des deux exemplaires sur peau de vélin.

138. Le Mirouer et exemple moralle des enfans ingratz pour lesqlz les peres et meres se destruisent pour les augmeter qui en la fin les descongnoissent. Pet. in-8, fig. mar. rouge, fil. dos orné, dent. int. tr. dor. (*Trautz Bauzonnet.*)

Réimpression faite à Aix, par *Pontier*, en 1836.
Un des deux exemplaires sur peau de vélin.

139. Moralité nouvelle du mauvais riche et du ladre.

A douze personnages. Pet. in-8, mar. rouge, fil. dos orné, dent. int. tr. dor. (*Trautz Bauzonnet.*)

Réimpression faite à Aix, par *Pontier* en 1823.
Un des trois exemplaires sur peau de vélin.

140. Le Théatre de Jaques Grévin de Cler-Mont en Beauuaisis, a tres illustre et tres haulte princesse Madame Caude de France, duchesse de Lorraine. Ensemble la seconde partie de l'Olimpe et de la Gelodacrye. *A Paris, pour Vincent Sertenas, et Guillaume Barbé*, 1562, in-8, mar. citron, pet. dent. dos orné, dent. int. tr. dor. (*Reliure du comm^{t} du XIXe siècle.*)

Bel exemplaire de ce rare volume.

141. Guisiade, tragédie nouvelle. En laquelle, au vray et sans passion, est représenté le massacre du duc de Guise (par Pierre Mathieu) *A Lyon, l'an mil cinq cens quatre vingts et neuf*, in-8, mar. vert, fil. à fr., dos orné, tr. r. (*Rel anc.*)

Première édition.

142. Tragédie françoise ou sacrifice d'Abraham, (par Théodore de Beze) ensemble les quatrains du sieur de Pybrac, un poëme dudit sieur sur les honnestes plaisirs de la vie rustique... et une ode chantée au Seigneur par T. de Beze. *Sedan, Jean Jannon*, 1626, pet. in-8, mar. rouge, fil., dos orné, dent. int. tr. dor. (*Derome.*)

143. L'Impuissance, tragi-comédie pastorale par le s[r] Veronneau Blaisois. *Paris, Toussainct-Quinet*, 1635, in-8, veau fauve, pet. dent., dos orné, dent. int. tr. dor. (*Courteval.*)

Pièce peu commune.

144. Œuvres de Jean Rotrou. *Paris, Desoer*, 1820, 5 vol. in-8, veau fauve, dent et mil. à fr. dos orné, dent. int. tr. dor. (*Rel. romantique.*)

Exemplaire très bien relié.

145. Œuvres de Racine. Nouvelle édition augmentée de diverses pièces et de remarques. *Amsterdam, Bernard*, 1743, 3 vol. in-12, portr., et fig. mar. vert, fil. dos orné, dent. int. tr. dor. (*Rel. anc.*)

Exemplaire relié par *Derome*, avec son étiquette à l'intérieur du tome I. Les dos des reliures sont un peu passés.

146. Lettre sur la Comédie de l'Imposteur. *S. L.*, 1667, pet. in-12 de 4 ff. lim. non. chiff. et 124 pp. non rel.

Première édition, datée du 20 août 1667. On pense que cette défense du Tartuffe a été écrite par Molière lui-même. Haut : 139 millimètres.

147. Œuvres de Molière, avec des remarques grammaticales, des avertissemens et des observations sur chaque pièce, par M. Bret. *Paris, Compagnie des*

libraires associés, 1773, 6 vol. in-8, portr. et fig. de Moreau, veau rac. fil. dos orné, dent. int. tr. dor. (*Rel. anc.*)

Exemplaire du premier tirage avec, en double, les pages 66 67 et 81 du tome I.

148. Œuvres complètes de Molière, avec les notes de tous les commentateurs. Édition publiée par L. Aimé-Martin. *Paris, Lefèvre*, 1824-1826, 8 vol. in-8, fig. de Desenne, br. non rog.

Tache aux 40 premiers feuillets du tome VII.

149. Le Théatre italien de Gherardi, ou le recueil général de toutes les comédies et scènes françaises jouées par les comédiens italiens du Roy, pendant tout le temps qu'ils ont été au service. *Paris, Cusson et Witte*, 1700, 6 vol. in-12, front. et nombr. fig. grav. mar. rouge, fil. dos orné à la grotesque, dent. int. tr. dor. (*Rel. anc.*)

Bel exemplaire aux armes du duc de Luynes.

150. Œuvres complettes (*sic*) de Regnard, avec des avertissemens et des remarques sur chaque pièce, par M. G*** (Garnier), *Paris, Vve Duchesne*, 1790, 6 vol. in-8, portr. fig. de Moreau, veau rac. pet. dent., dos orné, dent. int. tr. dor. (*Rel. anc.*)

Joli exemplaire.

151. Œuvres complettes (*sic*) d'Alexis Piron, publiées par M. Rigoley de Juvigny. *Paris, Imprim. de Lambert*, 1776, 7 vol. in-8, portr. mar. bleu, fil. dos orné, dent. int. tr. dor. (*Rel. anc.*)

152. Œuvres dramatiques de N. Destouches, nouvelle édition, précédée d'une notice sur la vie et les ouvrages de cet auteur. *Paris*, *Lefèvre*, 1811, 6 vol. in-8, mar. bleu, dent. dos orné au pointillé, dent. int. tr. dor. (*Thouvenin.*)

Bel exemplaire d'une grande fraîcheur, contenant le portrait et les figures de *Lafitte*, en épreuves avant la lettre.

153. Adélaïde de Hongrie, tragédie représentée pour la première fois, par les comédiens françois, au mois de juillet 1774, et reprise au mois d'avril 1776. Par M. Dorat. *Paris*, 1778, gr. in-8, front. et figure grav., mar. rouge, fil. dos orné, dent. int. tr. dor. (*Rel. anc.*)

Armes du duc d'Aumont, sur le dos de la reliure.

---

154. Les Amours d'Ismène et d'Isménias (trad. du grec par Godard de Beauchamps). *La Haye*, 1743, in-12 ; 1 front. et 3 fig. dans le genre d'Eisen, mar. rouge, fil. dos orné, dent. int. tr. dor. (*Rel. anc.*)

155. Les Amours d'Ismène et d'Isménias (trad. du grec par Godard de Beauchamps). *La Haye*, 1745, pet. in-8, fig. mar. vert, fil. dos orné, dent. int. tr. dor. (*Rel. anc.*)

156. Hypnerotomachie ou Discours du songe de Poliphile, déduisant comme amour le combat à l'occasion de Polia. Nouvellement traduict de langage italien (de Fr. Colonna), en français (par Jean Martin), *Paris*, *Kerver*, 1554, in. fol. titre grav. fig. s. bois, veau fauve, compart. de fil. mil. dorés, dos orné, tr. jasp. (*Rel. anc.*)

Les figures de cet ouvrage, dues aux meilleurs artistes français de cette époque, sont remarquables. La planche du sacrifice est intacte.

Bel exemplaire, sauf quelques mouillures. Initiales P. D. C. sur les plats.

157. Les amours de Daphnis et Chloé (par Longus), *s. l.* (*Paris*), 1745, pet. in-8, mar. rouge, large dent. aux pet. fers, dos orné, dent. int. tr. dor. (*Rel anc.*)

Jolie édition ornée de figures gravées par *Audran*, d'après les peintures de *Philippe d'Orléans, régent*, publiées dans l'édition de 1718 et de 4 c. de l. de *Cochin*. La figure de *Coypel*, dite des *Petits pieds*, parait pour la première fois dans cette édition.

Jolie reliure : malheureusement les plats et le dos de la reliure ont été frottés et la dorure a disparu en partie.

158. Il Decameron di messer Giovanni Boccacci cittadino Fiorentino. Si come, lo diedero alle stampe gli ss

Giunti l'anno 1527. *In Amsterdamo*, 1665, in-12, mar. rouge, dent. à fr. et fil. dor., dos orné, doublé et gardes de soie violette, dent int. mors de mar. tr. dor. (*Simier.*)

Très bel exemplaire de cette jolie édition imprimée par *Daniel Elzevier*. Haut : 148 millimètres.

159. Le Décaméron de Jean Boccace. *Londres (Paris)*, 1757-1761, 5 vol. in-8, front. portr. fig. et c. de l. de Gravelot, Boucher, Eisen, Cochin, veau marb. fil. dos orné, dent. int. tr. dor. (*Rel. anc.*)

Exemplaire contenant la suite complémentaire des 21 estampes galantes de Gravelot. Belles épreuves des figures.

160. Werther, traduction de l'allemand de Goete par C. Aubry. Nouvelle édition, revue et corrigée par le traducteur. Avec figures en taille-douce. *A Paris, de l'Imprimerie de Didot*, 1797, 2 vol. in-18, fig. veau fauve, pet. dent. dos orné, dent. int. tr. dor. (*Rel. anc.*)

Joli exemplaire sur papier vélin, avec les quatre figures de *Berthon* en épreuves avant la lettre et avant les numéros.

161. Mort d'Abel, poëme de Gessner, traduit par Hubert. Édition ornée d'estampes imprimées en couleur, d'après les dessins de M. Monsiau, peintre de l'Académie. *Paris, Defer de Maisonneuve*, 1795.

gr. in-4, fig. mar. rouge, dent. dos orné, dent. int. tr. dor. (*Rel. anc.*)

Frontispice par *Monsiau*, gravé par *Colibert*, et 5 figures du même, gravées en couleur par *Colibert*, *Casenave* et *Clément*. Bel exemplaire avec les figures avant les numéros.

162. Les Avantures de Joseph Andrews, et du ministre Abraham Adams, publiées en anglois, en 1742, par M. Feilding, et traduites en françois à Londres, par une dame angloise (par Guyot des Fontaines). *Londres, Millar*, 1743, 2 vol. in-12, mar. vert. fil. dos orné, dent. int. tr. dor. (*Rel. anc.*)

163. Galatée, roman pastoral, imité de Cervantes, par M. de Florian. Édition ornée de figures en couleur, d'après les dessins de M. Monsiau. *Paris, Defer de Maisonneuve*, 1793, gr. in-4, fig. mar. rouge, dent. dos orné, dent. int. tr. dor. (*Rel. anc.*)

Quatre figures gravées par *Cazenave* et *Colibert* d'après Monsiau. Bel exemplaire.

---

164. LES CENT NOUVELLES NOUVELLES, suivent les cent nouvelles contenant les cent histoires nouveaux, qui sont moult plaisans à raconter en toutes bonnes compagnies. Avec d'excellentes figures en taille-douce, gravées sur les desseins du fameux

M. Romain de Hooge (par Louis XI). *Cologne, Pierre Gaillard,* 1701, 2 vol. pet. in-8, front. et fig. mar. vert olive, large dent. sur les plats, dos orné au pointillé, doublé et gardes de tabis rose, dent. int. tr. dor. (*Rel. anc.*)

Très bel exemplaire dans une jolie reliure à dentelles de *Boyet*, avec les figures de *Romain de Hooghe* en premières épreuves, tirées dans le texte.

165. Les Cent nouvelles nouvelles, suivent les cent nouvelles, contenant les cent histoires nouveaux, qui sont moult plaisants à raconter, en toutes bonnes compagnies (par Louis XI). *Cologne, Pierre Gaillard,* 1701, 2 vol. petit in-8, 1 front. et 100 fig. par Romain de Hooghe, veau fauve, fil. dos orné, tr. verte (*Rel. anc.*)

Exemplaire avec les figures tirées à part.

166. Le Recueil des hystoires de Troye || . Le premier (le second et le tiers) volume du Recueil || des hystoires et singularitez de Troye la grāde, contenant || troys parties, auquel est amplement contenu l'hystoire de || Jupiter et Saturne et de leur noble progeniture et vertu || eulx fais... et aussi comment la noble cite de Troyes fut troys foys || edifiée, et par les Gregoys troys foys destruicte.... Le tout com || pose par excellent hystoriographe venerable hōme Raoul || Le Feure presbtre et chapellain de... monseigneur Philippe duc de Bourgoigne. (A

la fin :) *Imprime à Lyon par Anthoine du Ry, le second iour de decembre lan mil cinq cens vingt et neuf*, petit in-fol. goth. nombr. fig. s. bois, mar. rouge, fil. dos orné. dent. int. tr. dor. (*Rel. anc.*)

Bel exemplaire, sauf un trou à la figure du feuillet 44 du troisième livre.

167. LE PREMIER (à douzième) LIURE DE AMADIS DE GAULE, qui traicte de maintes adventures d'armes et d'amours, qu'eurent plusieurs cheualiers et dames, tant du royaulme de la grand Bretaigne, que d'aultres pays : traduict nouuellement d'Espagnol en Françoys par le seigneur des Essars Nicolas de Herberay. *Nouvellement imprimé à Paris, par Denys Janot*, 1540-1556, 12 part. en 6 vol. pet. in-fol. pap. réglé, fig. s. bois, mar. vert olive, compart. de fil. coins et dos ornés de dorures au pointillé, dent. int. tr. dor. (*Rel. anc.*)

Première édition des douze premiers livres des *Amadis*, en français, les seuls qui aient été imprimés dans ce format ; elle est très rare. On a ajouté : *Le Treizième livre d'Amadis de Gaule*. *Paris, Breyer, s. d.* (1571), pet. in-4°, fig. s. bois, rel. veau jaspé, qui complète l'ouvrage.

Superbe exemplaire dans une belle reliure de *Du Seuil*, aux armes (*Trois massacres de cerfs*), d'un livre extrêmement rare dans cet état.

168. HISTOIRE ET CRONICQUE DU PETIT JEHAN DE SAINTRÉ et de la jeune Dame des Belles Cousines, sans aultre nom nommer. Collationnée sur les manuscrits de la

Bibliothèque Royale et sur les éditions du XVIe siècle. *Paris, Didot*, 1850, gr. in-8, fig. et lettres ornées, veau fauve, fil., plats couv. de riches compart. à fr. dos orné, dent. int. non rog. (*Thouvenin*.)

Très beau livre, dans une jolie reliure romantique.
Un des très rares exemplaires avec les initiales et figures enluminées, or et couleurs, en relief.

169. ŒUVRES DE MAITRE FRANÇOIS RABELAIS, publiées sous le titre de Faits et dits du Géant Gargantua et de son fils Pantagruel. Nouvelle édition (notes de Le Duchat). *Amsterdam, Henri Bordesius*, 1711, 5 vol. pet. in-8, front. et fig. grav. mar. rouge, fil. dos orné, dent. int. tr. dor. (*Rel. anc.*)

Exemplaire dans une jolie et fraiche reliure en maroquin ancien.

170. ŒUVRES DE MAITRE FRANÇOIS RABELAIS avec des remarques historiques et critiques de M. Le Duchat. Nouvelle édition ornée de figures de B. Picart. *Amsterdam, J. F. Bernard*, 1741, 3 vol. in-4, front. et fig. mar. rouge, fil. dos orné, dent. int. tr. dor. (*Rel. anc.*)

Bel exemplaire de la meilleure et de la plus belle édition des œuvres de Rabelais. Figures de *B. Picart, Tanjé, Du Bourg*.

171. Œuvres de Maître François Rabelais, avec des remarques historiques et critiques de M. Le Duchat.

Nouvelle édition ornée de figures de B. Picart. *Amsterdam, Fr. Bernard*, 1741, 3 vol. in-4. front. et fig. grav. veau marb. (*Rel. anc.*)

172. Les Nouvelles de Marguerite reine de Navarre. *Berne, chez la nouvelle Société typographique*, 1780-81, 3 vol. in-8, fig. mar. rouge, fil. dos orné. dent. int. tr. dor. (*Rel. anc.*)

Jolie édition ornée d'un frontispice par *Dunker*, qui sert à chaque volume, de 73 figures par *Freudeberg* et de 143 vignettes et c. de l. par *Dunker*.

Bel exemplaire dans sa première reliure en maroquin; les dos sont un peu passés.

173. Le Printemps d'Yver: contenant cinq histoires discouruës par cinq iournees, en une noble compagnie, au chasteau du Printemps: Par Jacques Yuer. gentilhomme poictevin. *Paris, Pour Jean Mettayer*. 1581, in-16, mar. rouge fil. dos et coins ornes, dent. int. tr. dor. (*Rel. anc.*)

Recueil de nouvelles dans le genre de l'*Heptaméron de la Reine de Navarre*.

174. Le Printemps d'Yver. Contenant cinq histoires. discouruës par cinq journées, en une noble compagnie, au chasteau du Printemps. Par Jacques Yver gentilhomme poictevin. *Rouen, Nicolas Angot*, 1618, 1 tome en 2 vol. pet. in-12, mar. vert olive. fil. dos orné, tr. dor. (*Rel. anc.*)

175. Les Contes et discours bigarrez du sieur de Cholières. Déduits en neuf matinees. *Paris, Anthoine du Brueil*, 1611, in-12, mar. bleu, fil à fr. dos orné, tr. r. (*Rel. anc.*)

La couleur du maroquin de la reliure est passée.

176. L'Astrée de messire Honoré d'Urfé, marquis de Verrome, comte de Chasteau-neuf,... où par plusieurs histoires, et souz personnes de bergers, et d'autres, sont déduits les divers effets de l'honneste amitié. *Imprimé à Rouen, et se vend à Paris, chez Augustin Courbé*, 1647, 5 vol. pet. in-8, front. et fig. veau marb. dos orné. (*Rel. anc.*)

L'Astrée, premier roman régulier qui ait été donné en notre langue, a eu une grande vogue pendant tout le XVIIe siècle, et est encore recherché maintenant (Brunet).

177. Le Roman comique par Scarron. Édition ornée de figures dessinées par Le Barbier et gravées sous sa direction. *De l'Imprim. de Didot jeune, Paris, Janet, an IV*, 3 vol. gr. in-8, portr. et fig. cart. de l'époque, non rog.

Papier vélin, figures avant la lettre. Quelques mouillures.

178. La duchesse d'Estramene (par Du Plaisir). *Paris, Gabriel Quinet*, 1683, 2 vol. pet. in-12, veau jaspé, fil. dos orné. (*Rel. anc.*)

Aux armes de la marquise de Pompadour.

179. Les Aventures de Télémaque, par Fénelon. *De l'Imprimerie de Monsieur*, 1785, 2 vol. in-4, 1 front. et 24 fig. par Moitte, gravées au lavis par Parisot, épreuves avant la lettre, veau écaille, fil. dos orné, dent. int. tr. dor. (*Rel. anc.*)

180. La Princesse de Clèves (par Mme de La Fayette). *Paris, Cl. Barbin*, 1689, 4 part. en 2 vol. très pet. in-8, pap. réglé, mar. rouge, large dent. sur les plats, dos orné, doublé de mar. bleu, dent. int. tr. dor. (*Rel. anc.*)

Charmant exemplaire relié par *Boyet*; très rare en cet état.

181. Contes des fées, par Ch. Perrault, de l'Académie françoise. *Paris, Lamy*, 1781, 2 tomes en 1 vol. in-12, front. et vign. veau fauve, fil. dos orné, dent. int. tr. dor. (*Derome.*)

Cette belle édition est divisée en deux parties de XXXII, 279 et 149 pp., et comprend les huit contes en proses, les trois contes en vers, et le conte l'*Adroite princesse* de Mlle l'Héritier. C'est la première aussi complète.

Bel exemplaire d'une grande fraicheur.

182. Amours des dames illustres de France, sous le règne de Louis XIV. *Cologne, Pierre Marteau, s. d.* (vers 1710); 2 vol. pet. in-12, front. et fig. grav. mar. rouge, fil. dos orné, tr. dor. (*Rel. anc.*)

183. Histoire de Gil-Blas de Santillane, par Lesage. *Imprim. de Didot jeune. Paris, Janet, an troisième,*

4 vol. gr. in-8. 100 fig. par Bornet, Charpentier et Duplessis-Bertaux, cart. de l'époque, non rog.

Bel exemplaire sur grand papier vélin, avec les figures avant la lettre.

184. La France galante, ou histoires amoureuses de la Cour sous le règne de Louis XIV. *Cologne, P. Marteau s. d.* (vers 1737), 2 vol. pet. in-12, fig. mar. vert, fil. dos orné à la rose, dent. int. tr. dor. (*Derome.*)

Charmant exemplaire.

185. Histoire du chevalier Des Grieux et de Manon Lescaut (par l'abbé Prévost). *Amsterdam* (*Paris-Didot*) 1753, 2 vol. in-12, fig. veau marb. (*Rel. anc.*)

Édition définitive de ce roman, la dernière publiée par l'auteur; elle est ornée de 8 jolies figures de *Gravelot* et *Pasquier*.

186. Les étrennes de la Saint-Jean (par le comte de Caylus et autres). Quatrième édition. *Troyes, veuve Oudot*, 1757, 2 part. en 1 vol. pet. in-8, mar. rouge, fil. dos orné à la rose, dent. int. tr. dor. (*Derome.*)

Bel exemplaire sur grand papier.

---

187. Pogii florentini oratoris clarissimi || facetiarum liber incipit feliciter. (In fine :) *Pogii florẽtini secretarii apostolici || facetiarũ liber absolutus est feliciter. S. l. n. d.* pet. in-4. de 95 ff. sans chiffre ni réclame, plus 9 ff. de table, 25 lignes à la page, lettres capitales peintes en rouge et bleu, mar. vert, fil. dos orné dent. int. tr. dor. (*Niédrée.*)

Cette édition qui doit être une des premières, est bien conforme à celle indiquée par Brunet, Tome IV, col. 765; la seule différence qui distingue notre édition de celle décrite par Brunet est que cette dernière aurait 7 ff. de table, tandis que la présente édition en possède 9.

On a relié à la suite : *Facetie morales Laurentii vallensis alias esopus grecus per dictum Laurentium translatus incipiunt feliciter* 9 ff. non chiff. — Au verso du 9e ff : *Explicit Esopus grecus, latinus per Laurentium vallam factus, Francisci Petrarchæ de salibus virorum illustriũ ac faceciis, tractatus incipit feliciter.* 7 ff. non chiff.

188. Poggii Florentini facetiarum libellus unicus, *Londini*, 1798, 2 vol. pet. in-12, mar. vert foncé, fil. dos orné à la rose, dent. int. tr. dor. (*Rel. anc.*)

Joli exemplaire.

189. Les Contes de Pogge Florentin, avec des réflexions. Hae nugae seria ducunt. *A Amsterdam, chez J.-F. Bernard*, 1712, pet. in-12, front. grav. mar. rouge, fil. dos orné de compart. dor. dent. int. doublé et gardes de moire verte, tr. dor. (*Rel. anc.*)

Joli exemplaire dans une fraiche reliure.

190. L'origine des masques, mommerie, bernez et revennez es iours gras de Caresmeprenāt, menez sur l'asne à rebours et charivary. Le Jugement des anciens pères et philosophes sur le subiect des masquarades, le tout extraict du livre de la mommerie de Claude Noirot iuge en la mairie de Lengres. A *Lengres, par Jehan Chauvetet*, 1609, pet. in-8, mar. rouge fil. dos orné, gardes de pap. dor. tr. dor. (*Rel. anc.*)

Ouvrage singulier, très rare et recherché ; les premiers feuillets sont rognés en tête, quelques mouillures.

191. Recueil général des caquets de l'accouchée, ou discours facecieux, où se voit les mœurs, actions et façons de faire des grands et petits de ce siècle. Le tout discouru par dames, damoiselles, bourgeoises et autres. *Imprimé au temps de ne se plus fascher*, 1624. 184 pp. front. grav. — La Dernière apres-disnee du caquet de l'accouchée. *S. l.* 1622, 16 pp. — Le relèvement de l'accouchée. *A Paris*, 1622, 16 pp. — Le Passepartout du caquet des caquets de la nouvelle accouchée. 1623, 31 pp. — L'Anti-caquet de l'accouchée, 1622, 14 pp. En 1 vol. pet. in-8, mar. vert, pet. dent. dos orné, dent. int. tr. dor. (*Rel. anc.*)

192. Nicodemi Frischlini Balingensis facetiae selectiores : quibus ob argumenti similitudinem accesse runt. Henrici Bebelii P. L. facetiarum libri tres. *Amstælodami*, 1651, pet. in-12, front. grav. mar.

violet. fil., dos orné, dent. int. tr. dor. Haut : 155mill. (*Vogel.*)

193. Le moyen de parvenir. Nouvelle édition (par Béroalde de Verville) A''' 1000700057. (1757), 2 vol. in-12, front. grav. servant à chaque vol. mar. rouge, fil., dos orné, dent. int. tr. dor. (*Rel. anc.*)

Joli exemplaire sur papier de Hollande.

---

194. Mēsa philosophica optime custos va || litudinis studiosis Juvenibus apparata || nō minus snīar gravitate cōducibilis q || facetiarum enarratione delectabilis. (per Theobaldum Anguilbertum). (*In fine* :) *Impēsis honesti viri Frācisci Regnault... anno Dñi*, 1509; pet. in-8, caract. goth. de 50 ff. chiff. et 2 ff. non chiff. mar. citron, pet. dent. dos orné, doublé et gardes de moire viol. tr. dor. (*Rosa.*)

A la fin, on a ajouté *Dissuasio de ducenda uxore*, 4 ff. en vers. Exemplaire précieux contenant sur les marges de nombreuses notes et corrections autographes de *La Monnoye*.

195. Recueil de dix pièces très rares en éditions originales, réunies en 1 vol. in-12, mar. vert, pet. dent. dos orné, dent. int. tr. dor. (*Rel. de la Restauration.*)

Boutade hazardeuse de deux morfondus aux actes de Vénus. *S. L.* 1615, 10 pp.— L'ordre des cocus réformez, nouuellement establis à Paris. *Paris, veuve du Carroy s. d.* 19 pp. — Le Démon des villageois captivant nouvellement les dames et bourgeoises de Paris. *Paris*, chez Pierre Fuitte, 1618, 7 pp. — Le Réveil du Chat qui dort, par la cognoissance de la perte du p... de la plupart des châbrières de Paris. *Paris, P. Le Roux*. 1616, 15 pp. — L'Infortune des filles de joye, 1624. *S. l.*, 58 pp. — La Grande division arrivée ces derniers iours, entre les femmes et les filles de Montpellier. *Paris*, 1622, 16 pp. — Brief discours pour la réformation des mariages. *Paris, Anthoine du Brueil*, 1614, 15 pp. — Recueil des exemples de la malice des femmes. *Paris, Pierre Hury*, 1596, 8 ff. — Le Passeport des bons beuveurs. *Paris*, 1627, 8 pp. — Lettre descorniflerie et déclaration de ceux qui n'en doivent ioüyr. *Paris, s. d.*, 8 pp.

Quelques-unes de ces pièces sont très courtes de marges.

196. Le Cadenat des pucelages, en forme d'avis aux pucelles de ce temps, où sont décrites toutes les ruses, fourbes et tromperies plus communes, dont usent les Muguets pour hanicrocher les Pucelages. *Sur l'Imprimé à Rennes, chez Philippes Le Sainte*, *s. d.*, (vers 1750), petit in-8 de 24 pages, mar. vert, fil. dos et c. ornés, dent. int. tr. dor. (*Trautz-Bauzonnet.*)

Rare.

---

197. Nic. Clenardi epistolarum libri duo quorum posterior iam primum in lucem prodit. *Antuerpiae, ex officina Christophori Plantini*, 1566, 2 part. en 1 vol. in-8, vélin ivoire, fil. dos orné, tr. dor. (*Rel. du* XVIe *siècle.*)

Bel exemplaire dans sa première reliure en vélin aux premières armes de de Thou, et avec son chiffre sur le dos de la reliure.

198. Les lettres (et nouvelles lettres) de messire Roger de Rabutin comte de Bussy, lieutenant général des armées du Roi. *Paris, Delaulne*, 1706, 7 vol. in-12, veau fauve, dos orné, tr. r. (*Rel. anc.*)

Aux armes de BERNARD DE BOULAINVILLIERS.

199. Di M. Giulio Camillo. Tutte le opere. *In Vinegia, appresso Gabriel Giolito de Ferrari*, 1557, petit in-12, vélin, fil. dor. dos orné, tr. dor. (*Rel. du* XVIe *siècle.*)

Joli exemplaire aux armes de VILLEROY.

200. ŒUVRES SATIRIQUE (sic) DE P. CORNEILLE BLESSEBOIS. *A Leyde*, 1676, pet. in-12, front. grav., mar. vert, dent. dos orné, dent. int. tr. dor. (*Rel. genre Bozérian.*)

Bel exemplaire d'un recueil extrêmement rare. Il contient : *Le Rut ou la Pudeur éteinte*, en 3 parties; *L'Almanach des belles pour l'année* 1676; l'*Eugénie, tragédie*. Haut : 124 millimètres.

201. ŒUVRES DIVERSES DE POPE, traduites de l'anglois Nouvelle édition considérablement augmentée, avec des très belles figures en taille-douce. *Amsterdam et Leipzig*, 1754, 6 vol. in-12, portr. et fig., mar. rouge, fil. dos orné à la grotesque, dent. int. tr. dor. (*Rel. anc.*)

Aux armes de Diane-Adélaïde de Mailly, duchesse de BRANCAS LAURAGUAIS.

202. Arsace et Isménie, histoire orientale, par M. de Montesquieu. *Londres et Paris, de Bure*, 1783, in-18, mar. vert. fil. dos orné, dent. int. tr. dor. (*Rel. anc.*)

Charmante reliure de *Derome*.

203. Plan de lecture pour une jeune dame (par de Lezay-Marnesia). *Paris, Prault*, 1784. — Vers, par le comte d'Aguilar. *Amsterdam*, 1788. Ens. 2 ouvr. en 1 vol. in-18, mar. vert. fil. dos orné, dent. int. tr. dor (*Derome*.)

204. Refranes o proverbios en Romance, que nuevamente colligio y glosso el comendador Hernan Nunez, professor de Rhetorica, y Gregio, en Salamanca. Dirigidos al ill. senor Marques de Mondejar. *En Salamanca, en Casa de Juan de Canona*, 1555, pet. in-fol., mar. bleu, fil. à fr., dent. int., tr. dor. (*Duru*.)

Édition très rare, de proverbes rangés par ordre alphabétique.

HISTOIRE

HISTOIRE UNIVERSELLE — HISTOIRE ANCIENNE
HISTOIRE DE FRANCE
HISTOIRE DES PAYS ÉTRANGERS — BIOGRAPHIE
ARCHÉOLOGIE, ETC.

---

205. Essais de géographie, année 1708. Tome 1er in-4, mar. rouge, large dent., dos orné, dent. int., tr. dor. (*Rel. anc.*)

Manuscrit d'une bonne écriture du commencement du XVIIIe siècle, contenant 364 pages et 1 carte, la dédicace adressée à M. et Mme *Henry* est signée « *Henry l'aîné* ».

Aux armes d'un membre de la famille de BULLION.

Le titre qui devait se trouver sur le dos du volume a été remplacé par une pièce de maroquin rouge.

206. Discours sur l'histoire universelle, par M. Bossuet. Imprimé par ordre du Roi pour l'éducation de Mgr le

Dauphin. *Paris, Didot*, 1784, 4 vol. in-18, mar. rouge, fil. dos orné, dent. int., tr. dor. (*Rel. anc.*)

Joli exemplaire.

207. Histoire des inaugurations des Rois, Empereurs, et autres souverains de l'univers, depuis leur origine jusqu'à présent. Suivie d'un précis de l'état des arts et des sciences sous chaque règne : des principaux faits, mœurs, coutumes et usages les plus remarquables des François, depuis Pépin jusqu'à Louis XVI. Par M*** (Bévy). *Paris, Moutard*, 1776, in-8. 14 pl., par Michel Rieg, mar. rouge, fil. dos orné, dent. int. tr. dor. (*Rel. anc.*)

Précieux exemplaire aux armes de la Princesse de Lamballe. Provenance rarissime. Quelques mouillures à l'intérieur du volume. Les armes ont été frottées.

208. L'Espion dans les Cours des Princes chrétiens, ou lettres et mémoires d'un envoyé secret de la Porte dans les cours de l'Europe (par J.-P. Marana). *Cologne, Erasme, Kinkius*, 1711, 6 vol. in-12, fig. et pl. grav., mar. rouge, fil à fr. dos orné, dent int., doublé et gardes de pap., dor. à ramages, tr. dor. (*Rel. anc.*)

Exemplaire parfaitement relié.

209. Josephi Mathathiae filii Haebrei genere sacerdotis ex Hierosolymis de bello iudaico in libros septem prologus per Ruffinum vilensem traductos. (A la fin du second livre de l'antiquité judaïque :) *Impressum Venetiis, per Joannem Vercelensem, anno salutis*, M. CCCCLXXXVI (1486), pet. in-fol., caract. ronds, parch. (*Rel. anc.*)

Livre rare, notes manuscrites du temps sur les marges.

210. De primatu Lugdunensi et ceteris primatibus dissertatio Petri de Marca ordinarii in sacro consistorio consiliarii. *Parisiis, Camusat*, 1644, in-8, mar. rouge, compart. de fil., dos orné aux pet. fers et au pointillé, tr. dor. (*Du Seuil.*)

Bel exemplaire.

211. JOANNIS COLUMBI manuascensis e Societate Jesu, opuscula varia. *Lugduni, sumptibus Joannis, Baptistae De Ville*, 1668, in-fol., mar. rouge, fil., dos orné, tr. jasp. (*Rel. anc.*)

Bel exemplaire aux armes et au chiffre de J.-B. COLBERT, ministre de *Louis XIV*.

212. Histoire de la vie et du culte du bienheureux Gérard Tenque, fondateur de l'ordre de Saint-Jean de Jérusalem, par Pierre-Joseph de Haitze. *Aix*,

Joseph David, 1750, in-12, demi-rel., mar. rouge, non rog.

Rare.

213. Histoire des Vaudois divisée en trois parties. Par Jean-Paul Perrin, lionnois, *Genève, Matthieu Berjon*, 1618. — Histoire des chrestiens albigeois, par le même *Ibid. id.* — Histoire mémorable de la persécution et saccagement du peuple de Merindol et Cabrières et autres circōvoisins appelez Vaudois. L'*an* 1556. Ens. 3 ouvr. en 1 vol. pet. in-8, vél. (*Rel. anc.*)

Réunion d'ouvrages intéressants, le dernier surtout est très rare.

214. Les ministres détruits par eux-mesmes dans leurs articles de foy. Par le R. P. Honnoré Michel. *Avignon, Antoine Duperier*, 1681, in-8, mar. rouge, fil., coins et dos ornés, tr. jasp. (*Rel. anc.*)

---

215. Appian Alexandrin, historien grec, des guerres des Romains livres XI, traduicts en françois par feu maistre Claude de Seyssel, premièrement évesque de Marseille, et depuis archevesque de Turin. Plus y sont adioustez deux livres, traduicts de grec en langue françoise, par le seigneur des Avenelles. *Paris*,

Pierre Du Pré, 1569, in-fol., pap. réglé, vélin vert, plats et dos couverts d'un semis d'L et de ΦΦ, dent. tr. dor. (*Rel. anc.*)

Belle et curieuse reliure.

216. Les Commentaires de César, de la traduction de N. Perrot sieur d'Ablancourt. Avec des remarques sur la traduction. Nouvelle édition revue et corrigée. *Paris, Gosselin*, 1699, 2 vol. in-12, mar. bleu, fil., dos orné, dent. int., tr. dor. (*Rel. anc.*)

Aux armes de MACHAULT D'ARNOUVILLE, mouillures à l'intérieur des volumes, et cassure à la reliure du tome I.

217. Quinte Curce, de la vie et des actions d'Alexandre le Grand. De la traduction de M. de Vaugelas. *Amsterdam, H. Wetstein*, 1684, 1 tome en 2 vol. in-12, front. grav., mar. vert. pet. dent., dos orné, dent. int. tr. dor. (*Rel. anc.*)

Joli exemplaire dans une charmante reliure de *Derome*, avec son étiquette.

218. C. Cornelius Tacitus ex J. Lipsii accuratissima editione. *Lugduni Batavorum, ex officina Elzeviriana*, 1634. 1 tome en 2 vol. pet. in-12, front. et figure, veau fauve, pet. dent., dos orné, dent. int., tr. dor. (*Bozérian.*)

Édition elzévirienne recherchée. Haut: 125 millimètres.

219. L'antiquité dévoilée par ses usages, ou examen critique des principales opinions, cérémonies et institutions religieuses et politiques des différens peuples de la terre. Par feu M. Boulanger. *Amsterdam, Rey,* 1768, 3 vol. pet. in-8, mar. vert, fil., dos orné, dent. int. tr. dor. (*Rel. anc.*)

Exemplaire dans une charmante et fraiche reliure en ancien maroquin.

---

220. Abrégé chronologique de l'histoire de France, par le s[r] de Mezeray, historiographe de France. Divisé en 6 tomes. *Amsterdam, Abr. Wolfgang,* 1673-1674, 6 vol. in-12, front. et portr. veau fauve, fil. à fr., dos orné, dent. int. tr. dor. (*Rel. anc.*)

Joli exemplaire, avec l'ex-libris *Delaleu* gravé par *Montulay,* à l'intérieur des volumes.

221. Remarques sur l'histoire de Languedoc : des princes qui y ont commandé sous la seconde et troisième lignée de nos Roys, iusques à son entière réunion à la Couronne ; des estats generaux de la province, et des particuliers de chaque diocèse. Par M. Pierre Louvet, de Beauvais, docteur en médecine. *A Tolose, par F. Boude,* 1657, pet. in-4, veau jaspé, dos orné. (*Rel. anc.*)

Aux armes du duc de MORTEMART, et avec son chiffre sur le dos de la reliure.

222. Histoire des antiquités de la ville de Soissons, par M. Le Moine, écuyer, porte-manteau du Roi. *Paris, chez Vente*, 1771, 2 t. en 1 vol. in-12, mar. rouge, fil. dos orné, dent. int. tr. d'or. (*Rel. anc.*)

Aux armes du duc de La Vauguyon.

223. Les Mémoires de messire Philippe de Commines, sr d'Argenton. *Leide, chez les Elzeviers*, 1648, pet. in-12, mar. rouge, fil, dos orné, dent. int. tr. dor. (*Rel. anc.*)

Joli exemplaire: Haut: 131 millimètres.

224. Les Mémoires de mess. Martin du Bellay, seigneur de Langey. Contenans le discours de plusieurs choses avenuës au Royaume de France, depuis l'an M.D.XIII, jusques au trespas du Roy François premier. Œuvre mis nouvellement en lumière par mess. René du Bellay. *Paris, Pierre l'Huillier*, 1573, in-8, pap. réglé, mar. rouge, fil. coins et dos ornés, tr. dor. (*Rel anc.*)

Bel exemplaire.

225. C'EST L'ORDRE QUI A ESTE TENU à la nouvelle et ioyeuse entrée, que tres hault, tres excellent et tres puissant Prince, le Roy treschrestien Henry deuxième de ce nom, a faicte en sa bonne ville et cité de Paris, capitale de son royaume, le sezieme iour de

Juin M.D.XLIX. *On les vend a Paris, par Jehan Dallier sus le Pont saint Michel, a l'enseigne de la Rose blanche. Par privilège du Roi*, 2 part. en 1 vol. pet. in-fol. fig. s. bois, veau fauve, compart. de fil. mil. dorés, dos orné, tr. dor. (*Rel. du XVIe siècle.*)

Superbe exemplaire dans sa première reliure, se décomposant ainsi :

1re partie : 28 ff. chiff. 1 planche hors texte et 1 feuillet blanc.

2e partie : 15 ff. chiff. inexactement, 1 planche hors texte et 1 feuillet blanc.

Le titre porte la petite marque de Roffet; onze belles planches gravées sur bois, qui ont été attribuées aux plus grands artistes.

Légères déchirures aux feuillets 5 et 32, mouillures.

A la fin du volume : *C'est l'ordre et forme qui a este tenu au sacre et couronnemēt de treshaulte et tresillustre dame, Madame Catharine de Medicis, Royne de France, faict en l'eglise Monseigneur saint Denys en France, le X iour de juin* M. D. XLIX. *Paris, Jehan Dallier*, 15 ff. les deux derniers blancs.

226. Remonstrance au Roy tres chrestien Henry III. de ce nom, roy de France et de Pologne, sur le faict des deux edicts de sa Majesté dõnez à Lyon, l'un le X de septembre et l'autre du XIII d'octobre dernier passé, presente annee 1574, touchant la necessité de paix, et moyens de la faire. *A. Aygenstain, par Gab. Iason*, 1576, in-18, mar. rouge, fil. dos orné, tr. jasp. (*Rel. anc.*)

Exemplaire provenant de Peiresc, avec son chiffre sur le titre.

227. Recueil de mémoires et instructions servans à l'histoire de France. *Paris, Joseph Bouïllerot*, 1626,

in-4, mar. rouge, compart. de fil. dos orné, tr. jasp. (*Rel. anc.*)

Recueil d'instructions données par le roi Henri III à divers personnages. Au chiffre de PEIRESC sur les plats de la reliure.

228. LE LIURE DES STATUTS ET ORDONNANCES de l'ordre du Benoist Sainct Esprit, estably par le tres-chrestien Roy de France et de Pologne Henry troisième de ce nom. *S. l. n. d.* pet. in-4, pap. réglé, mar. brun, fil. dos orné, tr. dor. (*Rel. du XVIe siècle.*)

Bel exemplaire dans une jolie reliure aux armes de HENRI III. Les armoiries sont accompagnées de l'insigne du Saint-Esprit, et dans les angles des chiffres du roi et de la reine *Louise de Lorraine.*

Cette reliure est l'œuvre de *Nicolas Eve* qui en relia ainsi un certain nombre pour le roi (Thoinan, *Les Relieurs français*, 145). Le dos a été habilement refait.

229. Généalogie et la fin des Huguenaux, et descouverte du calvinisme: où est sommairement descrite l'histoire des troubles excitez en France, par lesdits Huguenaux, iusques à présent. Par M. Gabriel de Saconay, archidiacre et comte de l'église de Lyon. *Lyon, Benoist Rigaud*, 1572, in-8, fig. vél. ivoire, fil. et mil. dorés, dos orné, tr. dor. (*Rel. anc.*)

Ouvrage singulier et où se trouve au verso du frontispice une figure représentant des singes, dont un est en chaire, à prêcher. Une deuxième figure se voit après la dédicace au roi, et une troisième après le privilège.

Bel exemplaire de ce livre rare dans sa première reliure en vélin à recouvrements.

250. Enterrement tres excellent de très-haut, et très-illustre prince Claude de Lorraine, duc de Guyse et d'Aumale, pair de France, etc., auquel sont déclarées toutes les cérémonies de la chambre d'honneur du transport du corps. Par Edmond du Boulay, roy d'armes de Lorraine. *Paris, Adrian Taupinart*, 1620, pet. in-8, fig. de blasons, demi-veau br.

Exemplaire contenant les blasons coloriés anciennement. Taches au titre et à la page 146.

251. Les Vies de François de Beaumont, baron des Adrets. De Charles Dupuy, seigneur de Montbrun et de Soffrey de Calignon, chancelier de Navarre. Par M. Guy Allard. *Grenoble, J. N. Marchand*, 1671 (pour 1675), 3 part. en 1 vol. in-12, demi-bas. rouge.

Ouvrage rare et recherché.

252. Histoire du père La Chaize, jésuite et confesseur du roy Louis XIV. *Cologne, Pierre Marteau*, 1696. — Prévarications du père La Chaize, confesseur du Roy. *Cologne, Pierre Wommer*, 1685. Ins. 2 ouvr. en 1 vol. in-12 mar. rouge, fil. dos orné, dent. int. tr. dor. (*Rel. anc.*)

La marge extérieure du titre de la 1re partie est remontée. Jolie reliure.

253. Campagne de monsieur le maréchal de Villars en Allemagne l'an 1703. *Amsterdam, Rey*, 1762, 2 vol.

in-12 mar. vert, fil. dos orné, dent. int. tr. dor. (*Rel. anc.*)

Aux armes de Madame Victoire de France, fille de *Louis XV*, avec son ex-libris gravé au tome I.
Reliures frottées et défraichies.

254. Histoire des démeslez de la Cour de France avec la Cour de Rome, au sujet de l'affaire des Corses. Par M. l'abbé Regnier-Desmarais. *S. l.*, 1707, in-4, front. grav. mar. citron. fil. dos orné, dent. int. tr. dor. (*Rel. anc.*)

Aux armes de Madame Sophie de France, fille de *Louis XV*.

255. Médailles du règne de Louis XV (par Godonnesche) *s. l. n. d.*, pet. in-fol. front, titre, dédicace au Roi et 54 pl. grav. mar. vert, fil. dos orné. tr. dor. (*Rel. anc.*)

256. Dictionnaire historique de la ville de Paris et de ses environs. Dans lequel on trouve la description des monumens et curiosités... le nombre des rues, avec le plan nouveau de la ville et celui des environs par MM. Hurtaut et Magny. *Paris, Moutard*, 1779, 4 vol. in-8, plan gr. mar. rouge. fil. dos orné, dent. int. tr. dor. (*Rel. anc.*)

Bel exemplaire de dédicace, aux armes du Maréchal de Brissac.

257. Almanach Royal année 1759. *Paris, Le Breton*,

1759, in-8, mar. rouge. fil. dos orné, dent. int. tr. dor. (*Rel. anc.*)

238. Almanach Royal, année bissextile 1788. *Paris, veuve d'Houry, s. d.* (1788) in-8, mar. rouge, large dent. dos orné de fl. de lys, doublé et gardes de tabis bleu, tr. dor. (*Rel. anc.*)

Aux armes de Louis-Joseph de Montmorency-Laval, évêque de Metz.

239. Almanach Royal, année commune 1789. *Paris, s. d.* (1789), in-8, mar. rouge, large dent. dos orné de fl. de lys, dent. int. tr. dor. (*Rel. anc.*)

Aux Armes.
Les fleurs de lys qui ornaient le dos de la reliure ont été grattées.

---

240. Petri Quiquerani Belloiocani episcopi senecensis primari Arelatensium de laudibus Provinciæ libri tres, et centum eiusdē de Annibale exametri, ad R. P. Franciscum Turnonium cardinalē clarissimum. *Parisiis, apud Lambertum Dodu*, 1551, pet. in-fol. mar. rouge, fil. dos orné, dent. int. tr. dor. (*Rel. anc.*)

Première édition très rare.
Très bel exemplaire aux armes et au chiffre de Jean-Baptiste Colbert, ministre de Louis XIV.

241. Deux Conventions entre Charles I et Louis II, anciens comtes de Provence, et les citoyens de la Ville d'Arles : contenans les libertés et réservations desdits citoyens. *Lyon*, 1582, pet. in-4, textes latin et français, mar. rouge, plats couv. d'un semis de fl. de lys, dos orné, dent. int. tr. dor. (*Rel. anc.*)

Bel exemplaire d'un livre rare : quelques feuillets sont jaunis.

242. L'Histoire et chronique de Provence de Caesar de Nostradamus gentilhomme provençal. *Lyon*, *Rigaud*, 1614, in-fol. veau brun, fil. dos orné (*Rel. anc.*)

Aux armes et au chiffre de Prévost d'Herbelay : la reliure est fatiguée.

243. Histoire des comtes de Provence, enrichie de plusieurs de leurs portraits, de leurs sceaux et des monnoyes de leur temps, qui n'avoient pas encore veu le iour, par M. Antoine de Ruffi. *Aix*, *Jean Roize*, 1655, pet. in-fol., portr. et fig. mar. vert. fil. dos orné, tr. marb. (*Rel. anc.*)

Bel exemplaire, malheureusement incomplet de plusieurs planches.

244. La Chorographie ou description de Provence, et l'histoire chronologique du mesme pays. Par Honoré Bouche. *Aix*, *Ch. David*, 1664, 2 vol. in-fol. fig. veau marb. (*Rel. anc.*)

Exemplaire bien complet, avec les doubles additions.

245. Les statuts municipaux et coustumes anciennes de la ville de Marseille, divisez en six livres, et enrichis de curieuses recherches par noble François d'Aix. *Marseille, Cl. Garcin*, 1656, in-4. mar. rouge. fil. dos orné, dent. int. tr. jasp. (*Rel. anc.*)

Bel exemplaire aux armes et au chiffre de J.-B. Colbert, ministre de *Louis XIV*.

246. Discours sur le negoce des gentilshommes de la ville de Marseille. et sur la qualité de nobles marchands qu'ils prenoient il y a cent ans, adressé au Roy. Par M. Marchetti, prestre de Marseille. *Marseille, Brebion et Penot*, 1671, in-4. mar. rouge, dent. semis de fl. de lys sur les plats, dos orné du chiffre couronné de Louis XIV. tr. dor. (*Rel. anc.*)

Bel exemplaire de ce livre rare.

247. Histoire de la ville de Marseille, contenant tout ce qui s'y est passé de plus mémorable depuis sa fondation, recueillie de plusieurs auteurs grecs, latins, françois... par M. Antoine de Ruffi. Seconde édition reveüe, corrigée et augmentée par M. Louis-Antoine de Ruffi, son fils. *Marseille, H. Martel*, 1696, 2 vol. gr. in-fol. fig. mar. rouge, compart. de fil., coins ornés de fl. de lys, dos orné des armes de Marseille, dent. int. tr. dor. (*Rel. de Du Seuil.*)

Bel exemplaire sur grand papier, provenant de la bibliothèque de M. de La Tour d'Aigues, avec son nom frappé en lettres d'or sur les plats supérieurs des reliures.

248. Histoire de la ville de Marseille, contenant tout ce qui s'y est passé de plus mémorable depuis sa fondation.... Recueillie de plusieurs auteurs par feu M. Antoine de Ruffi. Seconde édition revue, augmentée par Louis-Antoine de Ruffi, son fils. *Marseille, Martel*, 1696, 2 tomes en 1 vol. in. fol. fig. veau fauve, dos orné. (*Rel. anc.*)

Aux armes de Pierre-Daniel HUET, évêque d'Avranches, avec son grand ex-libris gravé à l'intérieur.

249. L'Antiquité de l'Église de Marseille et la succession de ses évêques. Par Mgr l'évêque de Marseille. (Mgr de Belzunce). *Marseille, veuve Brébion*, 1747, in-4, mar. rouge, pet. dent., dos orné, tr. dor. (*Rel. anc.*)

Exemplaire de présent, sur papier fort, du 1er volume de cet ouvrage; découpure à la page 527.

---

250. COMENTARII DI LODOVICO GUICCIARDINI delle cose piu memorabili seguite in Europa specialmente in questi Paesi bassi, dalla pace di Cambrai : del M. D. XXIX. insino à tutto l'anno M. D. L. X. Libri tre. *In Anversa, Appresso di Guglielmo Silvio*, 1565, pet. in-4, vél. fil, dor. dos orné. (*Rel. du XVIe siècle.*)

Aux armes de GROLIER DE SERVIÈRES, petit neveu du célèbre bibliophile.

251. Le voyage du prince Don Fernande, infant d'Espagne, cardinal, depuis le douzième d'avril de l'an 1632, qu'il partit de Madrit pour Barcelone..., iusques au jour de son entrée en la ville de Bruxelles, le quatrième du mois de novembre de l'an 1634. Traduict de l'espagnol de don Diego de Aedo et Gallart... par le Sr Jule Chifflet. *Anvers, Cnobbaert*, 1635, pet. in-4. pl. grav. veau fauve, fil. dos orné. (*Rel. anc.*)

252. La Ville et la République de Venise par le sieur T. L. E. D. M. S. de St Disdier. Troisième édition reveüe et corrigée par l'autheur. *Amsterdam, chez Daniel Elsevier*, 1680, in-12, mar. rouge, fil. dos orné, dent. int. tr. dor. (Koehler.)

Joli exemplaire. Haut. : 139 mill.

253. Histoire des Rois de Sicile et de Naples, des maisons d'Anjou (par Des Noulis). *Paris, Le Mercier*, 1707, in-4. portr. mar. rouge, fil. dos orné, dent. int. tr. dor. (*Rel. anc.*)

254. L'Histoire de Filipe Emanuel de Loraine (*sic*) duc de Mercœur, dédiée à Sa Majesté apostolique. *Cologne, Pierre Marteau*, 1689, in-12, front. grav. mar. vert foncé, dos orné, dent. int. tr. dor. (*Rel. anc.*)

Ouvrage attribué à Jean Bruslé de Montpleinchamp. Exemplaire de Crémeaux d'Entragues, avec son chiffre sur le dos de la reliure.

255. Histoire du Ministère du cardinal Ximenez, archevesque de Tolède et régent d'Espagne. Par Mgr de Marsolier, chanoine d'Uzez. *Paris, Dupuis*, 1704, 2 vol. in-12, mar. rouge, fil. dos orné, dent. int. tr. dor. (*Rel. anc.*)

Aux armes de Louis duc d'Anjou, fils aîné de *Philippe V* et de *Louise-Gabrielle de Savoie*.

256. La tyrannie heureuse ou Cromwel politique, avec ses artifices et intrigues dans tout le cours de sa conduite, par le sieur de Galardi. *Leyde (à la sphère)*, 1671, pet. in-12, front. grav. mar. vert olive, fil. dos orné, dent. int. tr. dor. (*Rel. anc.*)

257. Discours de la guerre esmene envers le seigneur grand Turc par l'esmotiõ d'aucuns ses subietz. La cause pourquoy ledict seigneur grãd turc a prohibé le vin en son païs, et plusieurs autres defenses...- Traduict d'italien en langue françoise. Et achevé d'imprimer le XXVI iour de septembre 1561. *Paris, Guillaume Nyverd, s. d.* (1561), pet. in-8, de 14 ff. non chiff., mar. orange, compart. de fil, dos orné, dent. int., tr. dor. (*Capé.*)

Bel exemplaire d'une pièce rare.

258. Histoire de l'état présent de l'empire ottoman, contenant les maximes politiques des Turcs, les principaux points de la religion mahométane... leur discipline militaire.... Traduite de l'anglais de M. Ri-

caut, par Briot. *Paris, Cramoisy*, 1670, in-4, fig. de Séb. Le Clerc, veau jasp. (*Rel. anc.*)

---

259. MONUMENS DE LA VIE PRIVÉE DES DOUZE CÉSARS, d'après une suite de pierres gravées sous leur règne (par Hugues dit d'Hancarville). — Monumens du culte secret des dames romaines (par le même). *A. Caprée, chez Sabellus* (*Nancy, Le Clerc*), 1780-1784, 2 vol. in-4, pl. gr., mar. rouge, fil, dos orné à l'oiseau, dent. int., tr. dor. (*Rel. anc.*)

Premières éditions: les planches sont l'œuvre de *Denon*.
Superbes exemplaires reliés par *Derome*, avec son étiquette à l'intérieur des volumes.

260. Veneres uti observantur in gemmis antiquis: *Lugd. Batavorum, s. d.*, 2 t. en 1 vol. in-8, fig., textes anglais et français, mar. rouge, fil, dos orné, dent. int., tr. dor. (*Rel. anc.*)

Bel exemplaire aux armes et au chiffre du roi Louis XV.

261. Lazari Bayfii annotationes in L. II, de captiuis, et postliminio reuersis : in quibus tractatur de re nauali. Eiusdem annotationes in tractatum de auro et argento leg. quibus vestimentorum et vasculorum genera explicantur. *Lutetiae, ex officina Roberti Ste-*

phani, 1549, 2 part. en 1 vol. in-4, fig. s. bois, mar. violet, comp. de fil, dos orné, tr. dor. (*Rel. de la Restauration.*)

---

262. Promptuarium iconum insigniorum a seculo hominum, subiectis eorum vitis, per compendium ex probatissimis autoribus desumptis. *Lugduni, apud Gulielmum Rouillium*, 1553, 2 part. en 1 vol. pet. in-4, nombr. portr., grav. s. bois en médaillons, mar. rouge, fil, dos orné, dent. int., tr. dor. (*Rel. anc.*)

Bel exemplaire; le papier de garde est déchiré par endroits; écriture sur le titre.

263. Œuvres du seigneur de Brantôme. Nouvelle édition considérablement augmentée et accompagnée de remarques historiques et critiques. *La Haye, aux dépens du libraire*, 1740, 15 vol. pet. in-12, front. veau marb., dos orné, tr. r. (*Rel. anc.*)

264. Histoire des intrigues amoreuses (sic) de Molière et celles de sa femme. *Sur l'Imprimé, à Paris*, 1688, in-12, mar. rouge, compart. de fil, dos orné, dent. int., tr. dor. (*Capé.*)

265. Origine des armoiries. Par le R. P. C. F. Menestrier, de la Compagnie de Jésus. *Paris, Thomas*

Amaudry, 1680, in-12, mar. rouge, fil, coins et dos ornés, dent. int., tr. dor. (*Rel. anc.*)

Joli exemplaire avec les figures coloriées, aux armes de Dugué de Bagnols.

266. Histoire généalogique de la maison de Gaufridi. *S. l. n. d.* (*Aix, G. Legrand*, 1687), in-4, pl., tableau et blasons, demi-rel. bas.

Volume rare, avec de nombreuses notes autographes de Louis Antoine de Rufti.

267. Traité de la noblesse des Capitouls de Toulouse, avec des additions et remarques de l'auteur sur ce traité. 3e édition... augmentée d'un Catalogue de plusieurs nobles et anciennes familles (Par de La Faille). *Toulouse, Colomyès*, 1707, pet. in-4, mar. rouge, fil, dos orné, dent. int., tr. dor. (*Rel. anc.*)

268. Dictionnaire raisonné de diplomatique, contenant les règles principales et essentielles pour servir à déchiffrer les anciens titres, diplômes et monumens. Par Dom de Vaines. *Paris, Lacombe*, 1774, 2 vol. in-8, veau fauve, fil, dos orné, dent. int., tr. dor. (*Rel. anc.*)

TABLE DES DIVISIONS

ORDRE DES VACATIONS

PREMIÈRE VACATION. — *Lundi 2 mai.*

Nos	1 à 110
Nos	112 à 134
No	111

DEUXIÈME VACATION. — *Mardi 3 mai.*

Nos	135 à 166
Nos	168 à 268
No	167

PARIS
IMPRIMERIE GÉNÉRALE LAHURE
9, RUE DE FLEURUS, 9

RED. :

19

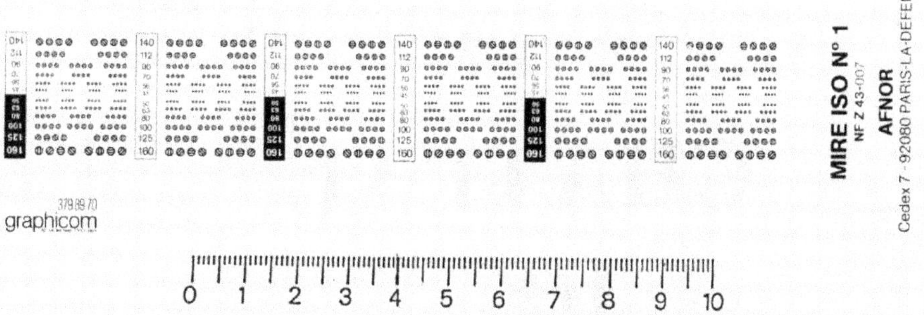
MIRE ISO N° 1
NF Z 43-007
AFNOR
Cedex 7 - 92080 PARIS-LA-DEFENSE
379.89.70
graphicom
0 1 2 3 4 5 6 7 8 9 10

www.ingramcontent.com/pod-product-compliance
Ingram Content Group UK Ltd.
Pitfield, Milton Keynes, MK11 3LW, UK
UKHW021552260726
13993UKWH00002B/781

9 782329 264158